KB114555

야차전기

夜叉傳記

야차전기 7

임영기 新무협 판타지 소설

초판 1쇄 찍은 날 § 2016년 1월 7일
초판 1쇄 펴낸 날 § 2016년 1월 14일

지은이 § 임영기
펴낸이 § 서경석

편집책임 § 박가연

펴낸곳 § 도서출판 청어람
등록번호 § 제387-1999-000006호
등록일자 § 1999. 5. 31
어람번호 § 제2-2628호

주소 § 경기도 부천시 원미구 부일로 483번길 40 서경B/D 3F (우) 14640
전화 § 032-656-4452 팩스 § 032-656-4453
http://www.chungeoram.com
E-mail § chungeorambook@daum.net

ISBN 979-11-04-90591-9 04810
ISBN 979-11-04-90130-0 (세트)

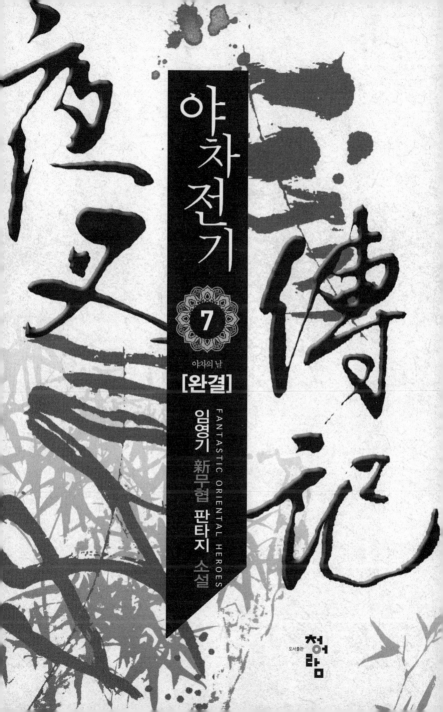

야차전기

7

야차의 날

[완결]

임영기 新무협 판타지 소설

도서출판 청어람

목차

제63장

첫 번째 복수전

시간은 해시(亥時:밤 10시경)가 돼가고 있다.

감태정 일행이 술을 마시고 있는 방의 머리 위 육 층에 있는 화용군은 들이닥칠 시기를 가늠하고 있는 중이다.

화용군이 지켜본 바에 의하면 감태정은 측근들과 술을 마시고 있으며 측근들은 입만 열었다 하면 감태정을 칭찬하느라 정신이 없는 상황이다.

누가 보면 영락없이 상전과 수하들이 편안하게 술자리를 즐기고 있는 광경이다.

[우린 준비가 끝났소.]

덕후가 화용군에게 전음을 보냈다. 그가 이끌고 온 동창고수 오십 명의 배치가 끝났다는 뜻이다.

화용군은 공매에게 명령했다.

[사람들을 물려라.]

용군단 소유인 균천루의 애꿎은 사람들이 죽거나 다칠까봐 피신시키려는 것이다.

한꺼번에 피신시키면 눈치를 챌 테니까 우선 오 층과 육 층의 사람들만 비우게 한다.

공매가 일어서자 화용군이 덧붙였다.

[네 일은 끝났으니까 오지 마라.]

공매는 화용군을 돌아보며 머뭇거렸다.

[저도 총단주를 돕고 싶습니다.]

[방해만 될 뿐이다.]

화용군의 무위를 익히 알고 있는 공매는 더 이상 떼쓰지 못하고 아쉬운 얼굴로 물러갔다.

대명제관과 대풍보에서 보내온 고수 오백칠십여 명과 동창고수 오십 명이 균천루와 주변을 샅샅이 뒤졌으나 감태정이 이끌고 온 것으로 의심되는 고수는 한 명도 발견되지 않았다고 한다.

그렇다면 감태정이 데리고 온 고수는 지금 함께 술을 마시고 있는 측근 십여 명과 주변 세 개의 방에 숨어 있는 삼십여 명이 전부라는 뜻이다.

'잘못 안 건가?'

이건 함정이 아니라 감태정이 정말로 측근들과 연회를 베푸는 것일지도 모른다. 화용군을 잡기 위한 함정치고는 지나치게 소홀하다.

그렇다면 세 개의 방에 숨어 있는 삼십여 명의 고수는 어떻게 설명을 할 것인가. 그들은 어째서 미동도 하지 않은 채 숨어 있다는 말인가.

'도대체 무슨 속셈인 것인가?'

조금 더 시간을 두고 골똘히 생각하던 화용군은 하나의 결론을 내렸다.

'이건 함정이고 저기 모여 있는 자들은 하나같이 고수가 분명하다.'

그렇게밖에는 생각할 수가 없는 상황이다. 그렇다면 감태정과 같이 있는 총 사십여 명은 최소한 일류 이상의 고수라는 뜻이다.

척―

그때 문이 열리고 공매가 문 밖에 서서 살짝 고개를 숙여 보였다. 오 층과 육 층에 있는 균천루 사람들을 피신시켰다는 뜻이다.

그렇다고 해도 감태정이 있는 방의 기녀들은 피신시키지

못했을 것이다. 그녀들까지 빼내면 필경 의심을 할 것이기 때문이다.

감태정 일행이 십여 명이니까 기녀도 거기에 맞춰서 최소한 십여 명일 것이다.

예전 화용군 같으면 기녀들의 안위 같은 건 신경 쓰지 않았을 것이지만 지금은 다르다.

화용군은 용군단의 총단주다. 균천루의 기녀라면 그에겐 같은 식구인 셈이다.

균천루주에게 명령해서 기녀들을 불러낼 수도 있지만 그러면 감태정이 의심할 게 분명하다.

'일단 급습했다가 도주해서 놈들을 밖으로 유인하자.'

그는 덕후와 반옥정에게 자신의 계획을 알려주었다.

덕후는 뜻밖이라는 표정을 지으며 화용군을 쳐다보았다. 그가 기녀들의 안위까지 생각할 줄 몰랐기 때문이다.

[방법이 있소.]

덕후가 무슨 생각인지 화용군에게 전음을 보냈다.

[수하들을 보내서 작은 소란을 일으키게 하여 기녀들을 그 방에서 나오게 하겠소.]

그럴 수만 있다면 그보다 더 좋은 방법은 없을 듯하다. 변장한 동창고수들이 작은 소란을 일으키더라도 감태정은 탈명야차가 아직 나타나지 않았기 때문에 함부로 발작하지는 못할 것이다.

그런데 예상하지 못했던 일이 발생했다. 기녀들을 빼내기 위해서 감태정이 있는 방으로 간 변장한 동창고수 세 명과 그곳에 있는 고수들이 싸움을 벌이기 시작한 것이다.

동창고수들은 일류고수 이상의 실력을 지니고 있다. 그런데 그들은 변변하게 저항도 하지 못하고 몇 수만에 제압을 당해 버렸다.

화용군과 반옥정, 덕후는 더 지체하지 않고 즉시 아래층으로 달려 내려가 감태정의 방으로 들이닥쳤다.

문 안쪽에 반옥정, 덕후와 나란히 선 화용군은 재빨리 실내를 살펴보았다.

실내는 매우 넓고 화려했다. 상석에는 화용군이 꿈속에서도 잊지 못할 감태정이 느긋하게 앉아 있으며, 옆에는 절색의 기녀 한 명이 선녀 같은 옷차림으로 앉아 있었다.

그리고 감태정의 전면 양쪽에 다섯 명씩 열 명의 고수가 앉아 있고 그들 옆에도 한 명씩의 기녀들이 붙어 앉아 있는 광경이다.

실내에는 기녀들만 있는 게 아니었다. 감태정 일행 전원이 자신의 앞에 놓인 개인 소탁(小卓)을 사용하는 탓에 술과 요리 수발을 드는 하녀가 다섯 명 더 있었다. 그러니까 균천루 사람이 십육 명이나 있었던 것이다.

화용군과 덕후 앞에는 바닥에 동창고수 세 명이 제멋대로 쓰러져 있으며, 혼절한 상황은 아니고, 피는 흘리지 않았지만 어딜 어떻게 맞았는지 끙끙 앓는 소리만 내면서 꼼짝도 하지 못했다.

그리고 동창고수들 옆에는 감태정 일행 중 한 명이 서 있으며, 문에서는 가깝고 감태정에게서는 가장 먼 쪽의 자리 하나가 비어 있는 것으로 봐서 말석의 고수 한 명이 동창고수 세 명을 제압했다는 뜻이다.

감태정은 방금 들이닥친 화용군과 반옥정, 덕후를 한 번 슬쩍 쳐다보고는 시선을 거두어 가까운 곳의 고수와 하던 대화를 계속 나누었다.

그로 미루어 그는 화용군을 알아보지 못하는 게 분명했다. 그리고 이 정도 소란은 자신이 나설 필요가 없다고 생각하는 것 같았다.

감태정은 왼쪽 눈에 금으로 된 안대를 한 모습이다. 예전에 화용군에게 걸렸을 때 야차도에 왼쪽 눈을 찔려서 애꾸가 됐었다.

그때 그는 한 손으로 무애를 잡고 그녀 목에 검을 댄 채 화용군을 위협하다가 그 지경이 됐었다.

그로 인해서 무애는 감태정이 휘두르는 검에 목이 베어져서 처참하게 죽었다.

"뭔가?"

동창고수 세 명을 제압하고 서 있는 고수가 화용군 등 세 명을 보며 나직하게 말했다.

화용군은 그를 보는 순간 고수라는 것을 한눈에 간파했다. 그는 오십 대 초반의 나이에 장대한 체구, 반 뼘 길이의 검은 수염을 길렀으며 어깨에는 한 자루 청강검을 멘 위엄 있는 풍모의 사내였다.

그에게서 수양이 깊고 단단하며 강직한 인상이 풍기는 것을 감지하고 화용군은 그가 남천왕에게 복속(服屬)한 오대문파의 고수일 것이라고 확신했다. 무림에서 막 굴러먹은 사내는 저런 기도를 갖고 있지 않다.

덕후가 그를 똑바로 주시하며 엄히 꾸짖었다.

"네가 황궁 사람을 욕보인 것이냐?"

'황궁 사람'이라는 말에 서 있는 고수는 움찔 놀라는 표정을 짓고는 쓰러져 있는 동창고수들을 가리키며 덕후에게 되물었다.

"이들이 황궁 사람이라는 말이오?"

"그렇다. 너는 누구냐?"

"빈도는……."

고수는 말하려다가 감태정을 돌아보았다.

일이 이쯤 이르자 감태정이 느긋한 표정으로 이쪽을 보면서 중얼거리듯 입을 열었다.

"귀하는 누군가?"

슥—

덕후는 품속에서 패(牌) 하나를 꺼내 손에 쥐고 감태정 쪽으로 팔을 쭉 폈다.

"이게 뭐라고 생각하느냐?"

패에는 검과 창, 활이 그려져 있으며, 복판에 '동창 태감'이라는 큰 글씨가 양각되어 있었다.

그걸 본 감태정의 표정이 가볍게 변했다. 동창은 남천왕에게 복속하지 않았기 때문이다.

그러나 감태정은 자세를 고칠 생각도 하지 않고 태연하게 말했다.

"동창 태감이 무슨 일로 소란을 피우는 것인가?"

동창 태감이라면 실로 굉장한 권력자이지만 감태정은 외눈 하나 까딱하지 않았다.

"너희를 모두 체포하겠다."

덕후는 막무가내로 나갔다. 원래 동창은 무소불위의 권력을 지녔으므로 그들이 무엇을 하든 아무도 가로막지 못했다. 상대가 설사 왕부에 소속된 사람이라고 해도 말이다.

"내가 누군지 모르는가?"

덕후가 실력 행사로 나가자 비로소 감태정이 자세를 바로 하면서 조금 언성을 높였다.

화용군은 지금으로썬 덕후가 하는 행동을 잠시 지켜보기로 했다. 현재 돌아가고 있는 상황이 그다지 나쁘지 않다고 판단했기 때문이다.

덕후는 감태정을 주시하며 냉담하게 대꾸했다.

"알 필요 없다."

그는 감태정이 반응을 보이기도 전에 목소리를 조금 높여서 명령했다.

"동창고수 삼십 명은 이들을 제압하고 나머지는 자리를 지키고 있어라!"

"……."

감태정은 상황이 이상하게 돌아가자 안색이 변했다. 동창고수 삼십 명이 체포조로 들이닥치고 그보다 더 많은 동창고수들이 밖에 있다는 뜻이기 때문이다.

그는 의자 팔걸이를 손으로 내려쳤다.

탁!

"나는 남천왕 전하의 총관이다!"

그때 활짝 열린 문을 통해서 경장 차림의 동창고수 삼십여 명이 바람처럼 들이닥쳐 입구 쪽에서 부챗살처럼 감태정 일행을 포위했다.

휘익! 휙! 휙!

감태정은 여전히 자리에 앉아 있지만 아까처럼 편안한 자세는 아니고 허리를 꼿꼿이 세우고 호통을 쳤다.

"듣지 못했는가? 나는 남천왕 전하의 총관 감태정이다!"

"그게 어쨌다는 것이냐?"

"나를 모른다는 말이냐?"

"안다."

"알면서도 이런다는 것이냐?"

덕후는 서릿발 같은 표정을 지었다.

"이곳에서 반역 모의를 한다는 제보가 있었다. 모두 동창으로 호송하여 문초할 것이다."

"반역?"

감태정은 어이없다는 표정을 짓더니 곧 우렁찬 웃음을 터뜨렸다.

"으핫핫핫핫! 반역 모의라니 가당치도 않은 일이다!"

그는 웃음기 가득한 얼굴로 타이르듯이 말했다.

"남천왕 전하께서 곧 황제가 되실 텐데 무엇 때문에 반역을 모의하겠느냐?"

덕후가 쩌렁하게 호통쳤다.

"당금 황상께서 건재하신데 남천왕이 황제가 된다는 말이냐? 그게 바로 반역이 아니고 무엇이냐?"

'아차……'

감태정의 얼굴이 검어졌다. 황제가 승하했다는 사실은 몇몇 사람만 알고 있는 극비인데 그걸 깜빡하고 남천왕이 황제나 된 것처럼 떠든 것이다.

동창 태감이 저렇게 말한다는 것은 그도 황제가 승하했다는 사실을 모르기 때문일 것이다.

빼도 박도 못 하게 돼버렸다. 덕후 말대로 감태정의 말은 영락없는 반역이다.

"계집들은 모두 나가라!"

덕후는 겁먹은 표정의 기녀들과 하녀들을 내보냈다. 감태정은 여자들이 나가는 것을 하나뿐인 눈으로 지켜보면서 머리를 굴리느라 바빴다.

"모두 제압하라!"

기녀와 하녀들이 모두 나가기를 기다렸다가 덕후는 서슬이 퍼래서 동창고수들에게 명령했다.

동창고수들이 고수들에게 다가갔고 화용군과 반옥정은 감태정에게 빠른 걸음으로 향했다.

입구에서 감태정이 있는 곳까지는 오 장이라서 공격하기에는 다소 먼 거리다.

화용군은 감태정의 표정이 짧은 시간에 여러 차례 복잡하게 변하면서 하나뿐인 눈이 쉴 새 없이 오락가락 구르는 것을 보았다.

화용군이 감태정의 삼 장 이내에 접근하기만 하면 전신 공력을 모아서 검기를 발출하여 그를 죽이는 건 어렵지 않을 터이다.

그때 화용군은 감태정의 입술이 보일 듯 말 듯 달싹이는 것을 발견하고 고수들에게 전음을 보내는 것이라 판단하여 번개같이 신형을 날려 그에게 쏘아갔다.

스사사삭—

그러나 감태정 가까이에 있던 여섯 명의 고수가 재빨리 그의 주위로 몰려들면서 호위를 했다.

아까 동창고수 세 명을 제압한 인물이 스스로를 지칭할 때 '빈도' 라고 하는 것을 듣고 화용군은 이곳에 있는 자들이 오대문파의 장로들과 그 아래 최고수들이라는 사실을 직감했었다.

화용군이 두 발이 바닥에서 반 자 높이로 뜬 상태에서 감태정 쪽으로 비스듬히 기울어진 자세로 쏘아가면서 오른팔을 뻗자 야차도가 튀어나왔다.

슈웅!

야차도에서 번쩍! 하면서 푸르스름한 광채가 감태정을 향해 일직선으로 뿜어졌다. 공력을 모았다가 발출하는 회심의 일격이다.

화용군과 감태정 사이를 가로막고 있는 고수 여섯 명이 일제히 어깨의 검을 뽑아 화용군의 검기를 막으려고 했다.

검기가 워낙 빨라서 앞쪽 네 자루 검은 허공을 스치고, 뒤쪽 두 자루 검은 어렵사리 막았다.

껑―

그러나 검기가 앞쪽의 검을 두 동강내고 두 번째 검에 맞았다가 살짝 방향이 틀어졌다.

쌔액― 팍!

"엇!"

검기는 감태정 귓전을 스치고 지나가 뒤쪽 벽에 맞아 손가락 한 마디 깊이의 구멍이 생겼다.

화용군은 그것으로 그치지 않고 쏘아가던 여세를 몰아서 그대로 감태정에게 돌진했다.

여섯 고수는 즉각 반격을 해왔으며, 화용군은 여섯 고수 각각을 향해서 맹렬하게 야차도를 휘둘렀다.

째째째쨍― 콰차창!

야차도와 여섯 자루 검이 부딪치면서 새파란 불꽃이 튀며 요란한 소리가 터졌다.

두 차례 격돌을 해본 결과 화용군의 짐작이 맞았다. 이들은 오대문파 장로거나 각파의 최고수가 분명했다.

여섯 명 모두 벽을 형성하여 반격을 하는데 화용군의 공격을 모두 막아냈다.

화용군이 이들 중 한 명을 공격했다면 절대로 막지 못하겠지만 한꺼번에 여섯 명을 상대하려니까 공격의 쾌속함이나 위력이 현저히 떨어질 수밖에 없는 것이다.

천보가 만든 금강명해를 터득한 화용군은 예전에 비해서 삼 할 정도 고강해졌다.

금강명해를 완벽하게 터득하긴 했으나 수련이 부족하여 최고도의 능력을 갖추지는 못했다.

만약 충분한 수련을 거친다면 예전에 비해 절반 이상 고강해질 것이고, 이들 여섯 명쯤은 이십 초 이내에 제압할 수 있을 터이다.

화용군은 여섯 명과 두 차례 부딪쳐 보고는 충분한 시간이 있다면 일 대 육으로 싸워도 이길 수 있을 것이라는 생각이 들었다. 그렇지만 감태정이 그리 오래 기다려 주지는 않을 것이다.

스파파아앗—

화용군이 세 번째 공격을 전개했다. 이즈음의 그는 구태여 태극혜검이나 대라검법의 무슨무슨 초식 따윌 전개하지 않아도 될 정도의 수준에 도달해 있었다.

역천맥을 타고난 그가 무당십대검법을 수만 번도 더 연마하고 금강명해를 터득한 상황에 이르게 되니까 무당십대검법의 온갖 정해(精解)가 용해되고 뭉뚱그려져서 그의 심신으로 스며들었다.

그렇기 때문에 어떤 상황 어떤 자세에서라도 야차도를 휘두르기만 하면 가장 적절한 초식이나 변화가 전개되었다.

상대는 여섯 명인데 화용군은 두 번째 공격에서 한꺼번에 여덟 개의 분격(分擊)을 뿜어냈다. 하나의 공격을 여러 개로 쪼개는 것을 분격이라고 한다.

네 명에게는 하나씩의 분격을, 그리고 전면 좌우 두 명에게는 두 개씩의 분격을 퍼부었다.

화용군은 한꺼번에 수십 개의 분격을 발출할 수 있으므로 여덟 개쯤은 어려운 일이 아니다.

하나의 분격을 받은 네 명은 공격을 막으면서 검에 전해지는 묵직한 공력 때문에 일순 주춤했다.

째째쟁—

그리고 전면 좌우의 두 명은 두 개씩의 분격을 감당하느라 검으로 간신히 막으면서 뒤로 주춤 두 걸음 물러났다.

찌찌쩡!

"우웃!"

그 틈을 이용하여 화용군은 물러나는 두 명에게 세 번째 공격을 전개하며 쇄도해 갔다.

쉬이잉—

대부분 고수가 검법을 전개할 때에는 날카로운 바람 소리가 동반되지만, 그의 야차도에서는 열 발의 화살을 뭉쳐 놓은 크기의 크고 무거운 화살을 쏘아냈을 때 같은 쾌속하고 묵직한 음향이 진동했다.

두 걸음씩 물러났던 두 명은 청성파 장로와 점창파 장로이며, 그들은 이미 화용군이 평범한 동창고수가 아니라는 사실을 깨달았다.

아니, 그들만이 아니라 다른 네 명과 여섯 명 너머에 서 있는 감태정도 화용군이 동창 태감인 덕후를 훨씬 능가하는 절정고수라는 사실을 간파했다.

청성파 장로 숭양검(崇陽劍)과 점창파 장로 벽파신검(碧波神劍)은 자신들을 향해 빛처럼 쏘아오는 푸르스름한 물체를 순간적으로 피하지 못하고 얼어붙었다.

심지어 두 사람은 야차도를 제대로 보지도 못했을뿐더러 야차도에서 한 자 길이의 검기, 아니, 도기가 발출되는 것을 발견하고 아연실색했다.

감태정은 화용군이 여섯 명의 오대문파 절정고수를 단 두 번의 공격으로 물리쳤을 뿐만 아니라 숭양검과 벽파신검의 숨통을 찌르기 직전이라는 사실을 눈으로 보면서도 믿어지지가 않았다.

그때 감태정은 이 장 거리 정면에서 쇄도해 오는 화용군의 얼굴을 보고 움찔 놀랐다.

때마침 화용군의 얼굴 아래쪽 수염이 벽파신검의 어깨에 가려져서 그의 코 윗부분만 보였다.

그것은 수염을 기르지 않은 모습이라서 감태정은 그가 누군지 대번에 알아보았다.

'저놈……'

그때 입구 쪽의 동창고수들로부터 몸을 빼낸 나머지 네 명의 장로와 최고수들이 화용군의 배후로 돌진하면서 합공을 펼쳤다.

쐐애액!

네 명의 합공은 산악을 무너뜨릴 듯한 굉장한 위력이다.

"계속 공격해요!"

그때 반옥정이 외치면서 화용군 배후를 공격하는 네 명에게 덮쳐갔다.

반옥정은 화용군이 잡은 절호의 기회를 포기하지 않게 하려고 네 명을 공격하는 것이다.

그렇지만 화용군은 반옥정 혼자서 네 명을 상대하지 못한다는 것을 잘 알고 있다.

현재의 그녀 실력이라면 일대일은 손쉽고 일 대 이는 조금 버거울 터이다.

그렇기 때문에 그녀는 온몸을 던져서 죽음을 각오하고 네 명의 공격을 제지하려 들 것이다.

화용군은 자신의 배후가 위험한 것도 차치하고 이대로 두면 반옥정이 위태롭기 때문에 감태정을 공격하던 것을 멈추고 뒤쪽 네 명을 반격할 수밖에 없는 상황이 되었다.

쉬이잉—

화용군은 쏘아가던 신형을 멈추는 것과 동시에 빙글 뒤를 향해 돌아서며 야차도를 휘두르다가 감태정을 힐끗 쳐다보았다.

감태정은 그 자리에서 꼼짝도 하지 않고 있었다. 아니, 오히려 오른손에 검을 움켜쥔 채 하나뿐인 눈으로 화용군을 노려보고 있다.

그 순간 화용군은 깨달았다. 자신이 감태정에게 철천지 원한이 있다면 그 역시 자신에게 같은 원한이 있을 것이라는 사실을, 그러므로 그는 섣불리 도망치는 짓 따위는 하지 않을 것이다.

어렵사리 함정을 만들었으며 마침내 탈명야차가 함정에 걸려들었거늘 이런 천재일우의 기회를 버리고 도망친다면 두고두고 후회할 것이다.

반옥정은 화용군이 합세를 하자 중도에 공세를 바꿔서 두 명을 상대해 나갔다.

화용군은 나머지 두 명만을 상대하는 것이기 때문에 이참에 아예 둘을 죽여 버리리라 마음먹고 순간적으로 공력을 끌어 올려 앞으로 쭉 뻗은 야차도 도첨을 풀잎처럼 파르르 떨치며 회전시켰다.

쉐애앵!

네 명 중에 두 명은 이미 화용군의 급소를 공격해 가고 있는 중이므로 선기를 잡았다고 할 수 있다. 그들은 검에 가일층 공력을 주입하여 찌르고 베어갔다.

그들은 자신들이 먼저 공격했기 때문에 화용군의 공격이 아무리 위력적이라고 해도 신경 쓰지 않았다.

먼저 찌르고 베어버리면 뒤늦은 위맹한 공격 따윈 아무 짝에도 쓸모가 없다.

두 명의 공격은 과연 화용군보다 빨라서 누가 보더라도 그가 먼저 쓰러질 것 같았다.

쩌껑ㅡ 쩌엉!

그런데 두 자루의 검이 화용군 전면 한 자쯤 이르렀을 때 여지없이 부려져 날아갔다.

두 자루 검을 부러뜨린 두 줄기 갈지(之)자의 도기는 두 명을 향해 계속 뻗어 나갔다.

부러진 검을 찌르고 또 베는 동작을 하고 있는 두 명은 무방비 상태에서 자신들을 향해 뿜어오는 영활한 뱀 같은 두 줄기 도기를 보며 경악하여 다급히 몸을 내던졌다.

파팍!

"끅!"

"흐윽!"

그러나 한 줄기 도기는 한 명의 관자놀이를 꿰뚫었고, 또 한 줄기는 어깨를 관통했다.

관자놀이가 뚫린 자는 뒤로 벌렁 자빠져서 눈을 까뒤집고 푸들푸들 떨었으며, 어깨가 뚫린 자는 선혈이 뿜어지는 어깨를 감싸 쥐고 신음을 터뜨리며 비틀거렸다.

푹!

화용군은 득달같이 달려들어 어깨가 관통된 자의 목을 야차도로 찔러 버렸다.

화용군이 목에서 야차도를 뽑을 때 감태정이 벼락같이 부르짖으며 공격해 왔다.

"저놈 탈명야차다! 죽여랏!"

그 순간 감태정을 비롯한 아홉 명이 화용군과 반옥정을 향해 파도처럼 공격을 퍼부었다.

아니, 벽 쪽에서 두 명이 더 튀어나왔다. 감태정의 차남이며 혈명단주인 감중도와 그의 부인이다.

그들은 처음부터 실내 벽 속에 은둔해 있다가 지금에야 튀어나온 것이다.

무림 최고최대 살수집단인 혈명단 단주 부부가 벽 속에 은

신해 있는 것은 어린아이 장난에 불과하다.

삼태성과 감중도 부부, 오대문파 상로와 최고수들 도합 열한 명의 합공에 화용군과 반옥정은 졸지에 포위망 안에 갇혀 버렸다.

콰차차차차창!

열한 명 중에 두 명이 반옥정을, 그리고 아홉 명이 화용군에게 집중적인 맹공을 퍼부었다.

얼핏 보기에는 화용군과 반옥정이 풍전등화의 위기 상황에 놓인 것 같았다.

그렇지만 화용군은 절대로 쉬운 상대가 아니다. 처음에 그들은 아홉 명의 합공이면 화용군을 무조건 죽일 수 있을 것이라고 믿었으나 아홉 방향에서 공격해 오는 검우(劍雨) 속에서도 화용군은 오히려 반격을 했다.

합공을 당하고 있는 화용군과 반옥정이 유리한 상황은 아니지만 그렇다고 해서 위기에 처한 것은 아니다.

공격에 가담하여 검을 휘두르고 있는 감태정은 몇 초식이 지나도록 아홉 명이 화용군의 옷자락조차 건드리지 못할뿐더러 오히려 그의 거센 반격에 가까이 접근조차 하지 못하는 광경을 보고는 그가 예전에 비해서 많이 고강해졌다는 사실을 깨달았다.

그렇지만 감태정은 자신들이 절대 불리하지 않으며 충분

히 화용군을 죽일 수 있다고 믿었다. 화용군이 감태정 자신을 비롯하여 오대문파의 장로와 최고수들, 그리고 차남인 혈명단주 부부의 합공을 견뎌낼 것이라고는 생각하지 않았다.

이 기회가 아니면 언제 그를 죽이게 될지 기약할 수 없다는 조급함이 감태정에게 헛된 믿음을 준 것이다.

"물러서지 말고 공격해라!"

감태정은 피를 토하듯이 외치면서 어느 누구보다 선두에서 화용군을 공격했다.

화용군으로서는 일 장 거리 안에 있는 감태정을 당장에라도 죽이고 싶은 마음이 굴뚝같지만, 다른 여덟 명의 공격이 워낙 강력해서 거기에 대처하느라 감태정에게 살수를 전개하지 못하는 것이 답답하기만 했다.

실내의 입구 쪽에서는 덕후가 이끄는 동창고수들과 세 개의 방에서 쏟아져 나온 감태정 쪽 고수 삼십여 명이 치열하게 싸움을 벌이고 있다.

감태정 쪽 삼십여 명은 오대문파와 남천문, 혈명단에서 초일류급 고수로만 엄선했기에 동창고수들이 밀리고 있는 상황이다.

'안 되겠다.'

화용군은 이대로 시간을 끄는 것은 좋지 않다고 판단했다. 여차하면 상황이 불리하다고 여긴 감태정이 도망칠 수도 있기 때문이다.

그는 쏟아지는 공격을 피하고 막으면서 금강명해를 운공
하며 공력을 극한으로 끌어 올렸다.

[옥정아, 물러나라.]

휙!

그는 금강야차명왕으로 변하는 순간 반옥정의 팔을 잡아
허공으로 집어 던졌다.

감태정을 비롯한 열한 명은 포위망 밖으로 날아가는 반옥
정에게는 추호도 신경 쓰지 않고 화용군에게만 집중적으로
맹공을 퍼부었다.

감태정은 화용군이라는 사실을 알게 된 순간부터 이성을
잃고 하나뿐인 눈에서 살광을 뿜으며 매초 전력을 다해 공격
을 퍼붓고 있다.

그런데 한순간 감태정의 하나뿐인 눈을 의심하게 만드는
일이 벌어졌다.

화용군이 눈 깜빡할 사이에 금강야차명왕으로 돌변해 버
린 것이다.

감태정을 비롯한 열한 명은 처음에 그게 무엇인지 모르고
한순간 움찔했다

스파아아—

"으악!"

"커흑!'

그 괴물에게서 흐릿한 광채가 뿜어져 두 명의 목을 뎅겅 자를 때에야 비로소 그게 전설의 금강야차명왕이라는 사실을 알아보았다.

세 개의 얼굴과 여섯 개의 팔을 지닌 금강야차는 눈에서 회색의 안광을 뿜어내며 육비에 쥐어진 여섯 자루 각기 다른 무기를 윙윙 풍차처럼 휘둘러 또다시 두 명의 몸뚱이를 통째로 잘랐다.

'그, 금강야차명왕……'

순식간에 죽은 네 명의 잘라진 목과 몸뚱이에서 분수처럼 피가 뿜어지고 있을 때 감태정은 혼이 달아난 얼굴로 금강야차를 바라보면서 자신의 의지와는 달리 뒤로 주춤거리며 물러섰다.

그러다가 뚝 멈추고는 어떻게 해야 할지 갈등 어린 표정을 지었다.

그가 갈등을 하고 있는 사이에 또다시 두 명이 금강야차가 휘두르는 법륜에 몸이 세로로 잘라져서 죽어가고 있다.

정말로 눈 한 번 깜빡이는 사이에 여섯 명이 죽었으며 이제 감태정 자신까지 다섯 명밖에 남지 않았다.

'으으으… 빌어먹을……'

그는 일그러진 얼굴로 휙 몸을 돌려 창으로 쏘아가며 차남 감중도에게 전음을 보냈다.

[중도야! 도주해라!]

퍽!

그는 그대로 창을 부수며 밖으로 쏘아나갔다.

금강야차로 변한 화용군의 눈에서 확 불꽃이 일더니 창을 향해 날아갔다.

날아가는 중에 그의 모습은 삼면육비에서 일면이비(一面二臂), 즉 하나의 얼굴과 두 개의 팔로 변했다. 그리고 오른손에는 야차도가 쥐어져 있었다.

그렇지만 금강야차명왕의 모습은 사라지지 않았다. 단지 삼면육비가 일면이비로 변한 것뿐이다.

쏴아아―

그런데 그 순간 천장을 뚫고 시커먼 흑영 수십 개가 소나기처럼 쏟아져 내렸다.

미리부터 천장 속에서 은둔해 있던 혈명살수들이다. 얼마나 귀신같이 숨어 있었으면 화용군조차도 그들의 존재를 눈치채지 못했었다.

수십 명의 혈명살수는 단주 감중도의 명령으로 지금에서야 한꺼번에 쏟아져 나온 것이다.

말하자면 이곳은 완벽한 함정이었다. 예전의 화용군이었다면 꼼짝없이 당하고 말았을 것이다.

혈명살수들은 하강하면서 일제히 화용군을 향해 집중 공격을 퍼부었다.

쐐애애액!

그들이 천장을 뚫은 곳은 제각기 다르지만 그들의 검은 한결같이 화용군의 몸을 향하고 있었다.

화용군은 머리 위 여러 방향에서 쏟아져 내리는 혈명살수들을 향해 어지럽게 야차도를 휘둘러 닥치는 대로 죽였으나 그로 인해서 앞으로 나아가지는 못했다.

화용군이 금강불괴지체가 아닌 이상 혈명살수들의 검에 찔리거나 베이면 죽을 수밖에 없다. 그러므로 그들을 도외시하는 것은 있을 수 없는 일이다.

화용군이 혈명살수들에 갇혀 있는 동안 감태정과 감중도 부부, 그리고 오대문파의 두 고수는 창을 통해 밖으로 달아나고 말았다.

제64장

———

목을 베다

화용군이 혈명살수 삼십칠 명을 모두 죽이는 데 열다섯 호흡 정도의 시간이 소요됐다.

　엄폐물이 많은 장소에서 혈명살수들을 상대했었다면 더 오랜 시간이 걸렸겠지만, 실내라는 한정된 공간에서의 싸움이었기에 짧은 시간에 끝날 수 있었다.

　더구나 혈명살수들은 동료들이 퍽퍽 죽어 자빠지는데도 단 한 명도 도망치지 않았으며 최후의 한 명까지 공격을 퍼붓다가 야차도에 목이 뚫려 죽었다.

　그들은 감태정과 감중도 부부 등이 도주하는데 시간을 벌어주는 소모품에 불과했다.

인간은 누구나 목숨을 소중하게 여기는 법인데 혈명살수 삼십칠 명은 도대체 무엇을 위해서 자신들의 목숨을 초개처럼 버린 것인지 이해할 수 없는 일이다. 그들에겐 목숨보다 더 소중한 무엇이 있는 모양이다.

덕후와 동창고수들은 여전히 감태정이 이끌고 온 고수들과 치열하게 싸우고 있는 중이다.

휘익!

화용군은 창을 통해 밖으로 쏘아 나갔으며 그는 여전히 금강야차의 모습이다.

균천루 밖 하화지 호수에는 아까까지만 해도 꽤 많은 유람선이 떠 있었으며 거기에는 대풍보 고수 백오십여 명이 타고 있었다.

그렇지만 지금은 유람선이 모두 호숫가에 몰려 있는데다 대풍고 고수들이 한 명도 없으며, 호수에는 이십여 구의 시체가 여기저기 떠 있고 그들이 흘린 피가 수면을 시뻘겋게 물들였다.

감태정 일당이 유람선으로 뛰어내려 가로막는 대풍보 고수들을 죽이고 호숫가로 도주한 것이다.

그리고 유람선에 있던 대풍보 고수들은 감태정 일당을 추격하고 있다.

그렇지만 대풍보 고수들이 감태정 일당을 죽이지는 못할 것이다. 다만 그들의 도주를 조금이라도 늦추는 역할을 할 터이다.

균천루를 중심으로 대풍보 고수들과 대명제관 고수들 오백칠십여 명이 겹겹이 포위망을 구축하고 있으므로 감태정 일당의 도주는 그리 쉽지는 않을 것이다.

균천루 오 층 창에서 쏘아 나온 화용군은 허공중에서 방향을 틀어 곧장 호숫가로 날아갔다.

감태정 일당은 남천왕부로 향했을 것이다. 그들로서는 북경에서 거기밖에 갈 곳이 없다.

화용군은 하화지에서 남천왕부로 가는 길을 익히 잘 알고 있다. 그는 대로변의 늘어선 건물들 지붕 위를 나는 듯이 달려갔다.

해시가 넘은 시간이지만 거리에는 아직 사람이 많이 왕래를 하고 있다.

그런데 거리 곳곳에는 시체들이 쓰러져 있으며 얼핏 보기에도 대풍보와 대명제관의 고수들이 분명했다.

거리를 가로막고 있던 대풍보와 대명제관 고수들이 감태정 일당에게 죽음을 당한 것이다.

화용군이 균천루에서 삼십칠 명의 혈명살수를 죽이느라 열다섯 호흡을 지체했지만, 감태정 일당도 도주가 수월하지는 않았을 것이므로 잘하면 그들이 남천왕부에 당도하기 전에 따라잡을 수 있을 것이다.

휘이이—

금강야차명왕의 모습으로 한밤중에 대로변 건물 지붕 위를 훌훌 날아가고 있는 화용군을 누군가 봤다면 기함하고 말았을 것이지만 다행히 위를 쳐다보는 행인은 없다. 그들은 거리에 즐비한 시체들에 더 관심이 많았다.

네거리에서 남천왕부가 있는 오른쪽으로 방향을 꺾은 화용군은 전방을 보다가 눈을 빛냈다.

삼십여 장 전방의 대로 한복판으로 감태정 일당이 경공술을 전개하여 달려가고 있는 광경을 발견한 것이다.

탓—

화용군은 지붕을 힘껏 박차고 비스듬히 허공으로 솟구쳤다가 감태정 일당 후미를 향해 내리꽂혔다.

맨 뒤에서 달리고 있던 숭양검이 힐끗 뒤돌아보다가 밤하늘에서 거대한 독수리처럼 두 팔을 활짝 펼친 자세로 쏜살같이 하강하고 있는 화용군을 발견하고 안색이 변하여 급히 소리쳤다.

"탈명야차가 추격하고 있소!"

선두에서 달리고 있는 감태정이 힐끗 돌아보고는 놀라서 외쳤다.

"놈을 막아라!"

후미의 숭양검과 벽파신검의 얼굴에 고뇌의 표정이 역력하게 떠올랐다.

그들은 균천루에서 화용군의 개세적인 무위를 두 눈으로 똑똑히 목격했었다.

오대문파 장로들과 최고수들이 화용군에게 일 초식도 버티지 못하고 픽픽 죽어 자빠지던 모습이 아직도 뇌리에 생생하게 박혀 있다.

숭양검과 벽파신검은 거의 동시에 서로의 얼굴을 쳐다보았다. 둘이 똑같은 생각을 하고 있기 때문이다.

오대문파가 남천왕을 돕기로 한 것은 장차 남천왕이 황제가 되면 오대문파가 이득을 보려는 이유였다.

그렇지만 남천왕의 총관인 감태정을 위해서 목숨을 버리는 것은 개죽음이라고 할 수 있다.

설혹 감태정을 위하는 것이 남천왕에게 충성하는 일이라고 하더라도 숭양검이나 벽파신검이 탈명야차에게 죽음을 당해 버린다면 장차 오대문파가 잘되는 일 따위가 무슨 소용이 있겠는가.

휘익! 획!

순간 숭양검과 벽파신검은 양쪽으로 흩어져 대로변 건물 위로 신형을 날렸다. 부질없는 싸움, 아니, 목숨을 버리고 싶지 않은 것이다.

탓!

화용군은 발끝으로 땅을 박차고 감중도 부부를 향해 질풍처럼 쏘아갔다.

거리가 오 장으로 가까워지자 그는 감중도 뒤쪽에 처져 있는 부인을 향해 맹렬히 야차도를 뿌렸다.

쉐앵—

검기 아니, 도기를 발출하는 순간 화용군과 부인의 거리가 조금 더 가까워졌으며, 야차도에서 큰 종을 울리는 듯한 기이한 음향이 터졌다.

초조함이 극에 달한 부인은 힐끗 뒤돌아보다가 붉으면서도 푸르스름한 한 줄기 빛이 자신을 향해 쏘아오는 것을 발견하고 눈을 커다랗게 떴다.

퍼억—

"큭!"

빛이 뒤돌아보던 그녀의 콧등에 적중되어 뒤통수로 빠져나가면서 피가 확 뿜어졌다.

"여보—!"

마침 뒤돌아보던 감중도는 부인의 머리가 관통되어 그녀

의 뒤통수로 피와 빛이 동시에 뿜어지는 광경을 발견하고 눈이 확 뒤집혔다.

"이놈—!"

감중도는 그 즉시 신형을 뒤집어 허공으로 둥실 떠올랐다가 화용군을 향해 내리꽂히며 수중의 검을 벼락같이 그어대며 울분을 터뜨렸다.

쐐애액!

화용군은 달려가던 속도를 늦추었다. 계속 달리다가는 허공으로 솟구친 감중도에게 배후를 드러낼 것이기 때문이다. 배후를 잡히면 상대가 하수라고 해도 낭패를 당할 가능성이 크다.

그는 상체를 뒤집어서 누운 듯한 자세로 뒷걸음으로 달리면서 밤하늘에서 내리꽂히는 감중도를 향해 야차도를 뻗었다.

감중도가 발출한 것은 검풍이다. 검을 그어대자 반월을 닮은 새파란 검풍이 화용군의 상체를 절단하려는 기세로 쇄도했으며, 그보다 조금 늦게 야차도에서 발출된 도기가 감중도의 몸통으로 쏘아 올랐다.

검풍이 더 빨랐기에 화용군은 야차도를 거두어 검풍을 쳐내야만 했다. 그 바람에 발출했던 도기는 허공중에서 그대로 스러졌다.

쩌껑!

검풍이 야차도에 부딪치자 감중도는 반탄력을 이용하여 몸을 꼿꼿하게 눕힌 자세에서 팽그르르 회전시키더니, 뒤돌아서 달리고 있는 화용군의 머리 쪽으로 날아내리며 두 번째 공격을 전개했다.

패액!

화용군은 몸을 홱 뒤집어 앞으로 쓰러질 듯한 자세로 전환하면서 공력을 모아 야차도를 힘껏 떨쳤다.

슈웅!

야차도에서 마치 수평선으로 파도가 밀려가는 듯한 도기가 가로로 번쩍 발출됐다.

화용군은 감중도의 검풍을 무시하고 도기를 발출했다. 그의 검풍보다 자신의 도기가 더 빠르다고 자신한 것이다.

그는 비스듬히 엎드린 자세로 쏘아가면서 자신을 향해 반월형으로 그어오는 검풍을 쏘아보았다.

한순간 야차도의 도기가 감중도의 가슴 부위를 가르는 것과 동시에 검풍이 씻은 듯이 사라졌다.

사아아—

"끅……."

감중도는 몹시 서늘한 바람이 가슴을 스치는 느낌을 받았지만 입에서는 짓눌린 듯한 신음이 새어 나왔다.

그의 몸이 가슴 위와 아래로 분리되고 있을 때 화용군은 이미 그를 스쳐 지나 감태정을 향해 쏘아가고 있었다.

"흐으으… 중도야……."

감태정은 죽을힘을 다해 달리면서 둘째아들과 며느리가 죽어가는 모습을 뒤돌아보고 흐느낌을 터뜨렸다.

그렇지만 비통함보다는 십여 장 뒤에서 맹추격하고 있는 금강야차명왕이 더 공포스러웠다.

그에게는 이제 아무도 남지 않았다. 그의 부인과 아들 세 명, 며느리들까지 가족이 모두 화용군에게 죽음을 당했다.

그뿐만이 아니다. 제남 백학무숙이 몰살당하면서 손자손녀들까지도 한꺼번에 떼죽음을 당했었다. 그 역시 탈명야차의 소행이었다.

그런데 방금 차남 감중도 부부가 죽음으로써 하늘 아래 감태정 한 사람만 남게 된 것이다.

화용군에 대한 원한이 하늘을 뚫을 지경이라 당장에라도 도망치는 것을 멈추고 그와 싸워야 마땅하지만 그보다는 살아야겠다는 일념이 더 컸다.

그렇지만 화용군이 점점 더 가깝게 추격해 오고 있어서 그의 손아귀에서 벗어나기는 어려울 것 같았다.

그런데 그때 감태정은 전방에서 오륙십 명의 고수가 무더

기로 달려오고 있는 광경을 발견하고 움찔했다.

그는 전방의 고수들이 자신을 막으려는 것이라고 생각하여 절망적인 표정을 지었는데, 그 순간 고수들 선두의 한 여자가 감태정에게 소리쳤다.

"달려오는 분은 누군가요?"

감태정은 전방의 고수들이 적이 아니라고 판단하여 멈추지 않고 계속 달리면서 외쳤다.

"나는 남천왕부의 총관 감태정이고 지금 탈명야차에게 쫓기고 있소! 방금 전에 내 아들과 며느리, 그리고 오대문파 장로들이 저놈에게 죽었소!"

하늘색 경장 차림에 머리를 틀어 올려서 묶고 어깨에는 장검을 멘 십팔구 세가량의 소녀는 달려오는 감태정 뒤를 쳐다보다가 크게 놀라는 표정을 지었다.

"앗! 금강야차!"

그녀는 이 년여 전에 태산 근처 관도를 지나다가 수백 구의 처참하게 죽은 시체를 본 적이 있었는데, 그곳에서 중상을 입고 죽어가던 고수가 그것이 탈명야차의 만행이라고 말했었다.

또한 그녀는 자신의 부친이 남천왕을 돕기로 결정함에 따라서 문파의 선발대를 이끌고 막 북경에 도착하는 길에 감태정과 마주친 것이다.

"물러나세요!"

창!

소녀는 앙칼지게 외치면서 어깨의 검을 뽑으며 곧장 금강야차명왕을 향해 쏘아갔다.

"모두 탈명야차가 도주하지 못하도록 포위해요!"

강남땅에서 가장 아름답다는 명성을 얻고 있는 그녀는 흉악무도한 탈명야차를 기필코 자신의 검으로 죽여서 협의를 세우겠다고 마음먹었다.

또한 그녀는 자기 혼자서 충분히 탈명야차를 제압할 수 있다고 믿었다.

벼랑 끝에 서 있던 감태정은 난데없이 나타난 행운의 여신 덕분에 재빨리 소녀 옆을 스쳐 지나가며 외쳤다.

"조심하시오! 저놈은 악마요!"

"걱정 말아요! 우리 검황신문은 악마를 전문으로 죽이는 문파예요!"

소녀는 기세등등하게 외쳤다.

선두에서 최고의 경공을 전개하여 쏘아가는 그녀는 전방에서 정면으로 돌진해 오는 금강야차명왕의 섬뜩한 모습을 보고 움찔 진저리를 쳤다.

'저것이 인간인가 괴물인가?'

금강야차명왕이 빠르게 가까이 다가오는 것을 보면서 그

녀는 온몸의 백 년 공력을 끌어 올려 무림제일검문(武林第一
劍門)이라는 명성이 자자한 자파의 절학을 전개했다.

쉬아아악—

그녀가 돌진하면서 초식을 전개하자 여섯 개의 유성이 밤
하늘을 가르듯이 금강야차명왕을 향해 뿜어졌다.

화용군은 여섯 개의 검기가 정면과 좌우로 좍 갈라졌다가
포물선을 그으면서 쏘아오는 것을 보며 입가에 냉랭한 미소
를 떠올렸다.

"죽엇!"

쉐애앵!

그가 야차도를 횡으로 긋자 번쩍! 하고 갈지자의 섬광이 뿜
어졌다.

그는 거의 죽일 수 있게 된 감태정을 난데없이 나타난 소녀
때문에 놓치게 됐다는 사실에 분노하여 손속에 사정을 두지
않았다.

그는 자신의 일검으로 소녀를 죽일 수 있다는 사실을 추호
도 의심하지 않았다.

그녀가 아직 어리기 때문에 감태정이나 오대문파 장로들
보다 고강하지 않을 것이라고 생각했다.

그런데 그는 쏘아가는 중에 가볍게 움찔 놀랐다. 흡사 섬광
처럼 빠른 그의 도기를 소녀가 가볍게 피하면서 위로 솟구쳐

올랐기 때문이다.

사실 소녀는 도기를 보고 피한 것이 아니라 화용군의 움직임을 보고는 도기가 어떤 방향으로 발출될 것이라는 사실을 미리 짐작했다.

그런데 더 놀라운 것은, 그녀가 허공으로 솟구쳤는 데도 불구하고 직전에 그녀가 발출한 여섯 줄기의 검기가 사라지지도 위력이 감소하지도 않았다는 사실이다. 그녀의 검기는 마치 검에 줄로 연결된 것 같았다.

화용군은 달리는 기세를 빌어 둥실 몸을 허공으로 띄워서 소녀를 마주쳐 나갔다.

그렇지만 여섯 줄기의 검기 중에 두 줄기가 발밑으로 스쳐가고 네 줄기가 급격하게 방향을 바꾸어 위로 솟구치며 여전히 그를 위협했다.

쉬이익!

결국 그는 야차도를 직접 휘둘러서 네 줄기 검기를 퉁겨내야만 했다.

째째쨍—

소녀의 검기는 그다지 강한 위력이 아니었으나 그녀가 마음먹은 대로 조종한다는 것과 빠르다는 것이 무엇보다도 무서운 강점이었다.

사실 검기는 위력이 강할 필요가 없다. 물론 강한 위력이면 상대의 무기를 부러뜨릴 수도 있지만 구태여 그래야만 할 이유는 없다.

단지 빠르고 정확하기만 하면 된다. 그런 점에서 소녀의 검기는 최상급이라고 할 수 있다.

더구나 아직 어린 나이에도 불구하고 구대문파 장문인들이나 구사할 법한 검기를 전개한다는 것은 놀라운 일이 아닐 수 없다.

화용군이 허공으로 떠오르면서 네 줄기 검기를 쳐내고 있을 때 어느새 그의 머리 위에 도달한 소녀가 이번에는 검기가 아닌 검풍을 쏟아냈다.

쏴아아아—

동작은 간단했으나 그 안에 수많은 변화가 담겨 있어서 소나기 같은 검풍의 조각, 즉 검린(劍鱗)들이 눈부시게 반짝거리며 화용군의 온몸으로 쇄도했다.

검린 하나하나의 위력은 약하지만 적중되기만 하면 능히 살과 뼈를 꿰뚫을 수 있기에 중상을 입히거나 목숨을 끊게 만드는 것은 가능하다.

화용군은 소나기 같은 검풍을 일일이 다 막을 수 없다고 판단하여 머리 위에서 야차도를 맹렬히 휘둘러 하나의 막(幕)을 형성했다.

파파파아아—

검풍들이 도막(刀幕)에 퉁겨져서 퍼져 나가는 광경이 흡사 소나기 아래 우산을 쓰고 있는 듯했다.

슈슈슈우욱—

그런데 어느새 소녀가 화용군의 등 뒤로 날아가서 공격을 하고 있다.

화용군은 빙글 몸을 반회전하면서 소녀를 향해 돌아섰다. 그렇지만 그녀가 어떤 공격을 가하는지 알 수 없으므로 무조 건 반격을 가할 수는 없는 상황이다.

이 순간에도 감태정이 점점 멀리 도주하고 있다는 생각을 하면 그는 마음이 조급해져서 소녀를 절대로 용서할 수가 없 었다.

그가 뒤쪽으로 돌아섰을 때에는 이미 소녀의 검이 지척까 지 찔러오고 있는 중이다.

이번에는 검기도 검풍도 아닌 진검으로 그의 심장을 노리 며 찔러왔다.

슈욱!

그는 돌아서자마자 야차도를 믿을 수 없을 정도의 빠른 속 도로 그어 검을 막아갔다.

쉬이잉—

사라라랑—

야차도가 허공을 가르는 소리와 야차도 손잡이 끝에 매달린 백자명령이 바람에 흩날리는 소리가 동시에 들렸다.

"아……."

순간 공격하던 소녀가 나직한 탄성을 흘리면서 급히 검을 거두고 뒤로 물러났다.

그녀는 자신이 열두 살 때까지 늘 몸에 지니고 있었던 백자명령의 소리를 듣는 즉시 알아차렸다.

그러나 화용군은 그녀가 무엇 때문에 공격을 거두고 물러나는 것인지 알지 못하고 기회를 잡았다는 생각에 그림자처럼 따라붙으며 야차도를 그어갔다.

소녀는 반격을 하려다가 오히려 상체를 비틀어서 간신히 그의 공격을 피하며 급히 외쳤다.

"용군!"

순간 공격하던 야차도가 뚝 멈추었다. 그는 소녀가 느닷없이 자신의 이름을 불렀다는 사실에 놀랐다.

그런데 그 순간 그는 상체를 비튼 자세인 소녀의 뒷머리를 보고는 움찔 놀라는 표정을 지었다.

소녀는 뒤쪽 가운데 머리를 올려서 윗머리에 비녀를 꽂았는데, 그 비녀는 화용군의 누나 화수혜가 그에게 주었던 것이었다.

옛날 열두 살 어린 시절에 화용군은 남경의 어느 하오문에 갇혀 있던 한 소녀를 구해주었으며, 그녀와 헤어질 때 정표로 서로에게 가장 소중한 물건을 주고받았었다.

소녀는 그에게 자신의 영혼이 담겼다는 백자명령을, 그는 소녀에게 홍옥잠을 주었던 것이다.

갑자기 한 어린 소녀의 얼굴이 떠오른 화용군은 급히 야차도를 거두면서 짧게 외쳤다.

"진아!"

스으으…….

두 사람은 허공에서 서로를 바라보면서 마주 선 자세로 서서히 지상으로 하강했다.

소녀는 금강야차명왕의 모습을 하고 있는 화용군을 바라보면서 복잡한 표정을 지었다.

"어떻게 된 거야……?"

하강하면서 화용군의 모습은 금강야차명왕에서 본래의 모습으로 빠르게 환원했다.

"아……."

그의 모습을 본 소녀는 비로소 얼굴에 마치 폭풍이 휩쓰는 듯한 격동하는 표정을 지었다.

화용군의 늠름하고 준수한 모습에 그 옛날 열두 살 비루먹은 강아지 같은 어린 소년의 모습이 겹쳐졌다.

"정말… 용군이야?"

"너… 유진이냐?"

두 사람은 거의 동시에 그렇게 물었다.

소녀 유진은 두 눈 가득 눈물이 글썽거렸다.

"그래. 내가 유진이야… 그런데 내가 마지막으로 했던 말을 기억하고 있어?"

그녀는 다시 한 번 확인하고 싶었다.

화용군은 부드러운 미소를 지었다.

"장래 부인으로서 빨리 돌아올 것을 명령하노라."

왈칵 하고 유진은 눈물을 쏟았다.

"그래… 그런데 왜 주루로 돌아오지 않았어……?"

"나는 원수를 갚아야만 했었다."

"원수……."

화용군은 감태정이 도망치고 있다는 사실을 퍼뜩 떠올리고 몸을 돌렸다.

"감태정을 죽여야 해! 남천왕과 감태정이 내 원수야!"

휘익!

화용군이 경공술을 전개하여 달리기 시작하자 유진이 바싹 뒤쫓으며 외쳤다.

"남천왕이 원수라는 말이야?"

"그래! 그자가 항주의 내 가족을 몰살시킨 원흉이고 감태정은 사문을 멸문시킨 원수야!"

"맙소사……."

유진은 아연실색했다. 화용군이 원수를 갚으려는 순간에 그녀가 오히려 감태정을 살려준 꼴이 돼버렸기 때문에 마음이 참담해졌다.

더구나 그녀의 부친은 얼마 전에 남천왕의 끈질긴 회유로 마침내 그를 돕기로 어려운 결정을 내렸었다.

사실 남천왕이 다음 대 황제가 될 가능성이 높은 상황이기 때문에, 그와 적대했다가는 검황신문이 불이익을 당할 것 같았기 때문이다.

그래서 부친이 마지못해 남천왕을 돕기로 결정을 내렸으며, 그의 명으로 유진이 선발대로 고수들을 이끌고 북경으로 달려온 것이다.

그런데 남천왕이 화용군의 원수라는 것이다. 만약 그녀의 검황신문이 남천왕을 돕게 된다면 그녀와 화용군은 적대 관계가 되고 말 터이다.

화용군이 전력으로 경공술을 전개하자 유진은 점차 뒤떨어지기 시작했다.

그녀는 전력을 끌어 올려서 달렸으나 도저히 그를 따라잡지 못하자 큰소리로 외쳤다.

"용군! 우리 가문은 남천왕을 돕기로 했는데 이제 어떻게 하면 좋아?"

화용군은 힐끗 뒤돌아보며 전음을 보냈다.

[나는 동명왕을 돕고 있다! 나와 같은 편에 서겠다면 성내 천화각에 찾아가서 내 이름을 대라.]

유진은 속도를 줄이고 멀어지는 화용군을 바라보다가 급히 누군가에게 명령했다.

"북월, 그를 도와."

쉬이이—

유진의 명령이 떨어지기 무섭게 그녀가 이끌고 온 무리 속에서 하나의 검은 인영이 튀어나와 화용군을 향해 빛처럼 쏘아갔다.

유진은 이런 곳에서 꿈에도 그리워하던 화용군을 만날 줄은 상상조차 하지 못했었다.

더구나 화용군이 당금 무림을 진동시키고 있는 탈명야차일 줄은 더더욱 몰랐었다.

그러나 지금이라도 화용군을 만났으며 그가 동명왕을 지지한다는 사실을 알았으므로 검황신문이 마음에도 없는 남천왕을 도우려고 했던 일은 번복할 수 있다. 북경 성내에서 화용군을 만난 것은 하늘의 도움이다.

그녀의 부친도 내심으로는 동명왕을 흠모하고 있기 때문에 유진이 나중에 부친을 설득하는 일은 그다지 어렵지 않을 터이다.

감태정이 남천왕부 안으로 들어가 버린다면 복수는 물 건너가는 것이라서 화용군은 속이 까맣게 탔다.

전력을 기울여서 달리고 있지만 그가 생각하기에는 느리기 짝이 없었다.

"어떻게 하면 되겠습니까?"

그런데 그때 그의 왼쪽에서 조용한 여자의 목소리가 들리는 것이 아닌가.

그러나 화용군은 조금도 놀라지 않은 얼굴로 그쪽을 쳐다보고는 흑의 경장에 한 자루 검을 멘 무표정한 얼굴을 지닌 삼십 대 중반의 여자에게 물었다.

"누구요?"

"유진 소문주의 호위무사입니다."

화용군은 그녀 북월의 경공술이 탁월한 것을 알아보고 한 가지 주문을 했다.

"할 수 있다면 감태정이 남천왕부로 들어가지 못하도록 막아주시오."

"남천왕부가 어딥니까?"

화용군은 남천왕부가 있는 방향을 가리켰다.

"서쪽 끝에 가장 높은 누각이 있는데 그곳이 구문제독부이고 그 옆이 남천왕부요."

슈웃—

순간 북월은 밤하늘로 쑥 솟구쳐 오르더니 화용군이 가리킨 서쪽을 향해 내리꽂혔다.

"어… 어서 비켜라!"

화용군이 뒤쫓아올까 봐 사색이 된 감태정은 수중의 검을 휘두르며 소리쳤다.

감태정은 남천왕부를 이십여 장쯤 남겨놓은 대로상에서 북월에게 발목이 붙잡히고 말았다.

그의 전면에는 북월이 오른손에 검을 뽑아 쥐고 우뚝 서서 대로를 막고 있다.

쉬이이익!

"죽어랏!"

감태정은 이미 두 차례 공격을 했으나 북월의 옷자락조차 베지 못하고 세 번째 공격을 퍼부으며 소리쳤다.

카카캉! 채챙!

북월은 이리저리 피하면서 검을 휘둘러 감태정의 공격을 막기만 하고 반격은 하지 않았다.

북월의 무위는 구대문파 장문인 수준이라서 감태정이 감당하기에는 벅찬 상대다.

"비켜라 비켜! 이이잇!"

쉬이익! 쉭! 쉭!

감태정은 어떻게 해서든지 북월을 뚫고 남천왕부에 가려고 발악을 했지만 북월은 요지부동 꿈쩍도 하지 않았다.

똥줄이 탄 감태정은 이십여 장 거리에 있는 남천왕부를 향해 고래고래 고함을 질렀다.

"나는 총관 감태정이다! 탈명야차가 나타났다! 왕부 사람들은 모두 나와라!"

남천왕부의 고수들이 쏟아져 나오기만 하면 탈명야차에게서 목숨을 구할 수도 있다는 믿는 감태정이다.

그때 갑자기 북월이 뒤로 훌쩍 물러나는 걸 보고 감태정은 자신이 방금 소리쳤기 때문에 그녀가 겁을 먹고 도망치는 것일지도 모른다는 생각이 들었다.

그런데 북월이 물러나면서 감태정의 머리 위를 슬쩍 쳐다보자 심장이 철렁 내려앉았다.

감태정은 부지중 위를 쳐다보다가 화용군이 자신의 머리를 향해서 무시무시하게 쏘아내리는 모습을 발견하고 사색이 되었다.

"으헛!"

화용군은 금강야차의 모습이 아니지만 감태정을 향해 내리꽂히면서 두 눈에서 시퍼런 눈빛이 줄줄이 폭사되었다. 그 눈빛만으로도 그가 얼마나 분노하고 있는지를 알 수 있을 정도다.

감태정은 비명을 지르면서 남천왕부를 향해 미친 듯이 달아났다.

"우와아아—!"

그때 남천왕부에서 여러 명의 고수가 담 밖으로 날아 나왔다. 감태정의 고함 소리를 듣고 뛰어나온 것이다.

고수들을 발견한 감태정은 거의 실성한 것처럼 수중의 검을 허공에 휘두르며 울부짖었다.

"저놈을 죽여라—! 탈명야차다—!"

그러나 그것이 그가 살아생전에 마지막으로 한 말이 됐다.

퍽!

"꺽!"

야차도가 달려가는 그의 정수리에 꽂힌 것이다.

그그긍—

남천왕부 전문이 활짝 열렸다.

감태정은 두 눈을 부릅뜨고 코와 입에서 피를 흘리며 비틀비틀 몇 걸음 걸어갔다.

감태정의 정수리에 꽂힌 야차도를 잡고 그의 뒤 허공에 우뚝 서 있는 자세인 화용군은 손에 슬쩍 힘을 주어 야차도를 정수리 속으로 더 깊이 찔러 넣었다.

드득—

"끄으으……."

감태정은 걸음을 멈추고 상체를 흔들거리는데 두 눈의 초점이 빠르게 흐려지고 있다.

화용군은 감태정의 뒤통수를 쏘아보며 차가운 눈빛을 흘리면서 중얼거렸다.

"네놈이 죽인 자들에게 사죄해라."

팍!

화용군은 감태정 정수리에서 야차도를 뽑고는 그대로 그의 목을 잘랐다.

허공으로 둥실 떠오르는 감태정의 머리카락을 움켜쥔 화용군은 그대로 몸을 돌려 왔던 길로 달려갔다.

제65장

백자명령과 홍옥잠

대풍보와 대명제관의 고수들은 한밤중에 시체와 부상자들을 데리고 북경에서 감쪽같이 빠져 나갔다.

　　화용군은 밤을 도와 제남으로 달려가서 구주무관 뒤편 죽림 앞에 있는 사부와 사형, 무애, 야조, 나운향 가족들의 무덤에 감태정의 수급을 바치고 제사를 올렸다.

　　그는 무덤 앞에서 꼼짝도 하지 않고 한 시진 동안 무릎을 꿇고 앉아 있다가 향을 태우고 나서 제남을 떠나 다시 북경으로 향했다.

유진은 이끌고 온 검황신문의 고수 오십오 명을 용군단 북경지단에 은밀히 칩거시키고 자신과 북월은 천화각 별채에서 화용군을 기다렸다.

남천왕부에서는 감태정을 비롯하여 차남 감중도 부부, 오대문파 네 명의 장로와 최고수, 삼십 명의 고수, 삼십칠 명의 혈명살수 등 팔십여 명을 죽인 흉수가 누구인지 북경 성내를 샅샅이 뒤지며 색출에 나섰다.

그러나 대풍보와 대명제관 고수들은 단 한 명도 북경 성내에 남아 있지 않았으며 덕후와 동창고수들은 흔적도 없이 황궁으로 사라졌다.

다음 날 늦은 아침에 덕후가 화용군을 만나려고 혼자 천화각으로 찾아왔다.

화용군은 자신을 만나고 싶으면 천화각으로 오라고 그에게 말해두었다.

천화각주 담광은 직접 나서서 덕후를 천화각 뒤편 아담한 정원 너머의 별채로 안내했다.

단층의 별채는 매우 넓었으며 담광은 덕후를 왼쪽의 접객실로 안내하여 차를 대접했다.

담광이 볼일 때문에 양해를 구하고 주루로 간 후에 덕후는 꽤 오랫동안 혼자 앉아서 차를 석 잔이나 마시고는 기다림이 무료해서 별채 안을 구경하려고 뒷짐을 지고 기웃기웃 어슬렁거렸다.

그러다가 그는 별채 오른쪽 접객실로 들어갔고 거기 의자에 다소곳이 앉아 있는 유진을 발견했다.

의자에 앉아 있던 유진은 누군가 접객실로 오는 기척을 느꼈지만 움직이지 않고 가만히 있었다.

덕후가 멈칫하여 몸을 돌리려고 할 때 유진도 그를 발견하고 의자에서 일어섰다.

두 사람은 서로 경계하는 기색으로 말없이 상대를 쳐다보기만 했다.

잠시가 지났을 때 그래도 남자인 덕후가 조심스럽게 먼저 말문을 열었다.

"나는 화용군을 만나러 왔소. 그대는?"

"나도 그를 기다리고 있어요."

유진은 비로소 고개를 끄떡였다.

덕후는 미소를 지으며 천천히 다가왔다. 그는 이처럼 아름다운 미모의 여자를 태어나서 오늘 처음 보았다.

"낭자 같은 경국지색이라면 내가 모를 리 없을 텐데, 누구신지 말해줄 수 있겠소?"

유진으로서는 덕후가 화용군을 만나러 온 손님이라고 하니까 조금 안심이 되어 구태여 자신의 신분을 감출 이유가 없다는 생각이 들었다.

"검황신문의 유진이에요."

"오··· 천하삼절미(天下三絶美) 중에 한 분이신 검가인(劍佳人) 유진 낭자였구려."

'천하삼절미'라는 호칭은 일 년쯤 전부터 천하에 나돌고 있는 말이다.

당금 천하에서 가장 아름다운 세 여자를 가리키며, 천보공주와 용녀(龍女), 검가인을 말함이다.

용녀는 용군단의 상단주인 한련이다. 그녀는 장사 때문에 천하를 돌아다니면서 많은 사람에게 미모가 알려졌다.

덕후는 혼인을 하여 자식까지 있는 몸이지만 한평생을 살면서 한 번 볼까 말까 한 천하삼절미의 미인을 앞에 두고 그녀에게서 시선을 떼지 못했다.

유진은 덕후가 너무 노골적으로 쳐다보았지만 화용군의 손님이라서 화를 낼 수도 없어서 슬쩍 말을 꺼냈다.

"당신은 누구죠?"

"내 이름은 덕후요. 동창의 태감이오."

유진은 뜻밖이라는 표정을 지었다.

"아··· 그런데 용군에겐 무슨 일로······."

"황궁십이감이 화용군 화 대협을 지지하기로 했소."

"아······."

유진은 적이 감탄하는 표정을 지었다가 물었다.

"용군은 동명왕과 어떤 관계인가요?"

"금룡왕 전하를 아시오?"

"뵌 적은 없지만 동명왕과 남천왕의 숙부이며 살아 있는 황족 중에 최고 어르신이라고 들었어요."

덕후는 잔잔한 미소를 지으며 고개를 끄떡였다.

"금룡왕 전하의 말씀에 의하면, 화용군 화 대협은 동명왕 전하의 사위라고 하셨소."

"사위……."

덕후는 유진의 얼굴이 해쓱해지는 것을 놓치지 않았으며 넌지시 덧붙였다.

"동명왕 전하의 슬하에는 무남독녀 천보공주가 계신데 그 분이 화 대협의 부인이라고 알고 있소."

덕후는 유진의 표정이 점점 더 어두워지는 것을 보고 자신이 괜한 말을 했다는 생각이 들었다.

이후 유진은 입을 굳게 다물었으며 덕후는 쓸데없는 말을 한 탓에 지루한 시간을 보내야만 했다.

화용군이 정오가 거의 다 돼서 천화각에 도착했을 때 유진과 덕후는 탁자에 마주 앉아서 차를 마시면서도 대화는 하지 않고 서로 다른 곳을 바라보고 있었다.

유진의 머릿속에는 화용군이 동명왕의 사위, 즉 천보공주와 혼인을 했다는 사실만 가득 차 있었다. 그것 말고는 생각할 수가 없었다.

"용군!"

화용군이 들어서자 유진이 발딱 일어나서 달려와 그대로 그의 품에 안겼다.

화용군은 유진이 반가워서 그러려니 하여 그녀를 품에 꼭 안고 부드럽게 등을 쓰다듬었다.

"그동안 잘 지냈느냐?"

"우우……."

유진은 대답을 하지 못하고 그의 허리를 두 팔로 꼭 끌어안고 가슴만 눈물로 흠뻑 적시고 있을 뿐이다.

두 사람이 헤어진 것이 열두 살이었으니까 장장 십 년 만의 재회이니 어찌 그 반가움과 기쁨을 몇 마디 말로 다할 수 있겠는가.

십 년 전에는 비루먹은 강아지 같았던 화용군이 유진보다 키가 더 작았지만 지금은 그가 유진보다 머리 하나하고도 절반 정도 더 컸다.

뿐만 아니라 유진은 늘씬하고 가녀린 데 비해서 그의 체구는 그녀의 두 배에 달할 정도로 당당했다.

덕후는 천하삼절미의 한 명인 검가인 유진이 화용군에게

안겨서 울며 떨어지지 않는 광경을 보고는 적잖이 놀라는 얼굴로 쳐다보았다.

화용군은 품에서 떨어지지 않으려는 유진을 부드럽게 떼어내어 의자에 앉히고 자신은 그 옆에 앉으며 덕후에게 맞은편을 가리켰다.

"앉으시오."

덕후는 앉자마자 궁금한 것부터 물었다.

"감태정은 어찌 됐소? 죽였소?"

화용군은 고개를 끄떡였다.

"수급을 갖고 사부님과 사형들의 묘에 가서 제사를 지내고 돌아오느라 늦었소."

"정말 다행이야."

"잘했소."

유진과 덕후는 자기 일처럼 기뻐했다.

하녀들이 별채에 요리를 차렸으며 화용군과 유진, 덕후는 점심 식사를 하면서 대화를 나누었다.

덕후는 자신이 직접 죽인 황궁의 실권자 태감총관의 수급을 어젯밤 균천루에서 화용군에게 보여주었었다.

그 일로 덕후는 황궁호위대를 제외한 황궁 내의 실권을 잡았으며 화용군하고도 손을 잡게 되었다.

"금룡왕 전하의 말씀에 의하면, 화 대협이 동명왕 전하의 대장군이라고 하셨소. 그러니 이제부터 내가 어떻게 해야 할지 화 대협이 명령해 주시오."

"좀 생각해 봅시다."

화용군은 황궁십이감이라는 특출하고 대단한 조직을 어떻게 사용하면 좋을지 곰곰이 생각했다.

화용군은 자리를 옮겨 술을 마시기로 했다. 지금은 대낮이지만 여기에 있는 사람들은 술을 마시는 데 밤낮을 가리지 않으며, 또 술을 마시다 보면 좋은 생각이나 대화가 나올 수도 있기 때문이다.

"덕 태감은 지금 어떤 상황이오?"

술자리가 시작되고도 한참이 지나도록 아무도 입을 열지 않다가 화용군이 덕후의 빈 잔에 술을 따르며 물었다.

덕후는 술잔을 입으로 가져가다가 멈추고 내려놓으며 얼굴이 진중해졌다.

"결정을 내려야 할 시기요."

"결정이라면?"

"동명왕이냐 남천왕이냐 두 분 중 한 분에게 충성을 표명해야만 하오."

"음."

"황제께서 위독하시므로 남천왕이 마지막 발악을 할 것이오. 황족이든 장군들이든 포섭하지 못하면 암살하려고 들 게 분명하오."

덕후는 동창 태감이면서도 아직 황제의 승하에 대해서 모르고 있는 모양이었다.

"황제께선 붕어하셨소."

화용군이 건조한 목소리로 말했다.

"……."

"닷새나 지났소."

덕후의 얼굴이 희다 못해 노랗게 변했다.

"황제가 숨을 거두자마자 황궁호위대가 황궁어의와 시녀 백여 명을 모조리 감금하고 그 사실을 남천왕에게만 알렸다고 하오."

"황제 폐하께서……."

덕후는 몸을 가늘게 떨면서 비틀거리며 일어나 자금성 쪽을 향해 세 번 절하고 나서 몸을 일으키는데 굵은 눈물이 뚝뚝 흘러내렸다.

덕후는 자리에 앉아 화용군을 똑바로 주시하면서 나직하지만 힘 있게 말했다.

"나를 비롯한 황궁십이감은 동명왕 전하께 목숨을 바쳐 충성할 것을 맹세하겠소. 자, 무엇이든 명령하시오."

화용군은 가볍게 고개를 끄떡였다.

"덕 태감이 해줄 일이 있소."

덕후의 얼굴에 긴장과 울분이 교차했다.

"말씀해 보시오."

"남천왕에게 거짓 충성하시오."

덕후는 움찔 하더니 얼굴이 복잡해졌다.

"구체적으로 말씀해 보시오."

그는 술을 마실 생각도 하지 않고 자세를 꼿꼿하게 폈다.

세 사람의 대화는 정오에 시작했는데 으스름 땅거미가 깔리도록 끝나지 않았다.

천화각의 하녀들이 새로운 요리와 술로 저녁상을 차렸고, 화용군은 밖에 있는 반옥정과 북월을 불러들여 다섯 명이 다 같이 식사를 했다.

대화는 거의 화용군과 덕후가 나누었으며 유진은 화용군 오른쪽에 앉아서 묵묵히 술만 마셨다.

"혹시 남천왕의 사문을 알고 계시오?"

덕후가 화제를 바꾸었다.

"그가 무공을 배웠소?"

화용군으로서는 금시초문이다. 그리고 보니까 남천왕이 무공을 배웠을 것이라는 생각은 한 번도 해본 적이 없었다.

"남천왕은 청성파 전대 장문인 태을진인(太乙眞人)의 적전 제자였소."

태을진인이라는 별호 역시 화용군은 처음 듣는다. 그는 강호에 대해서는 거의 문외한이나 다름이 없다.

그런데 술을 마시던 유진과 식사를 하던 반옥정, 북월이 동시에 놀란 얼굴로 덕후를 쳐다보았다. 그것만 봐도 태을진인이 보통 인물이 아닌 게 분명하다.

"태을진인을 모르시오?"

"모르오."

"어떻게 그럴 수가……."

덕후가 어이없다는 표정을 짓자 유진이 화용군을 보며 차분하게 설명했다.

"태을진인은 무림제일인(武林第一人)이야."

"무림제일인……."

무림제일인이라는 것은 화용군으로서는 한 번도 들어본 적도 생각해 본 적도 없는 말이다.

무림에 그런 것이 존재하는지도, 순위 같은 것이 있는지도 몰랐었다. 어찌 사람이 감히 무림제일인이라고 할 수 있다는 말인가.

유진이 계속 설명했다.

"사십 년 전에 청성파에서 한 명의 도인이 무림에 나와 천하를 주유하면서 십여 년 동안 천칠백구십구 명의 무림인과 일대일 대결을 벌여서 단 한 번도 패하지 않았어. 그런 일은 전무후무한 사건이었지."

화용군은 과연 한 사람이 십 년에 걸쳐서 천칠백구십구 명이나 되는 많은 무림인과 싸울 수 있을지가 미심쩍었다. 그런 일은 상상도 해본 적이 없었다.

"천칠백구십구 명은 천하 각 지역을 대표하는 최고수였으며 그 도인이 청성파로 돌아간 이후에 천칠백구십구 명이 연명(連名)으로 서명하여 연판장을 돌렸는데 거기에는 '태을진인이 무림제일인이다'라는 글이 적혀 있었대."

화용군은 한 대 얻어맞은 것 같은 표정을 지었다.

"그자가 다른 팔대문파 장문인하고도 싸워봤대?"

"그래. 그는 팔대문파 장문인을 모조리 격패시켰을 뿐만 아니라 우리 검황신문에도 찾아와서 당시 문주이셨던 할아버님과 대결을 벌였는데 할아버님께서 십오 초식 만에 패하셨다는 거야."

듣고 있던 덕후가 턱을 주억거렸다.

"그 당시 검황신문의 문주였던 천중검황(天中劍皇)은 명실공히 강남제일인(江南第一人)으로 추앙받던 최고수였었소. 그렇지만 그도 결국 태을진인에게 십오 초식 만에 패하고 말았소."

화용군은 먹은 것이 체한 듯한 기분이다. 남천왕이 사십여 년 전 무림제일인이었던 태을진인의 제자라는 말을 들었기 때문이다.

그건 전혀 예상하지 않았던 변수라서 화용군은 왠지 불길한 예감이 들었다.

"남천왕의 무위는 어느 정도요?"

무림제일인 태을진인의 제자라면 모르긴 해도 절정 그 이상의 무위를 지녔을 터.

"남천왕은 공공연하게 무공을 보인 적이 한 번도 없어서 잘 모르겠소. 무림에서 남천왕과 겨루어봤다는 사람은 한 명도 없소."

태을진인의 제자면서도 무위가 전혀 알려지지 않았다고 하니 오히려 그것이 더 께름칙했다.

화용군의 새 사숙이 된 무당파의 장로 우령진인은 청성파와 점창파 장문인을 설득하여 동명왕 편으로 회유할 수 있을 것이라고 말했었다.

그런데 남천왕의 사문이 청성파라면 한통속인데 설득을 당할 리가 없다.

또한 우령진인은 남천왕이 태을진인의 제자라는 사실을 모르고 있는 게 분명하다. 우령진인이 모른다면 다른 사람들은 더 말할 나위가 없다.

"태을진인은 살아 있소?"

"죽었을 것이오."

화용군은 미간을 좁혔다.

"확실한 게 아니오?"

"태을진인은 십여 년 동안 무림을 평정하고는 삼십 년 전
에 청성파로 돌아간 이후 두 번 다시 출도한 적이 없었소. 그
리고 그가 죽었다는 말도 없었지만 그 당시 그의 나이가 육십
오 세였기 때문에 삼십 년이 흐른 현재는 죽었을 것이라 추측
하는 것이오."

만약 태을진인이 아직까지 살아 있다면 구십오 세인데 인
간이 구십오 세까지 산다는 것은 불가능한 일이다.

인간의 평균수명은 사십오 세 정도이고, 육십 세 환갑을 넘
기면 장수하는 것이다.

무림인은 보통 사람들보다 더 오래 살지만 그래 봐야 칠,
팔십 세가 한계다. 그렇게 봤을 때 태을진인은 이미 죽었다고
봐야 옳을 것이다.

그렇지만 화용군은 아직 한 가지 의문이 더 남아 있다.

"그런데 청성파는 어째서 몰락한 것이오?"

무림제일인 태을진인이 버티고 있는 청성파라면 그 당시
에 구대문파 중에서 당연히 수위를 차지했을 것이고, 또한 소
림사나 무당파를 능가하는 맹위를 떨쳤을 텐데 그런 일은 없

었다. 오히려 청성파는 쇠락일변도를 달리면서 오늘에 이르고 있다.

"태을진인은 제자를 한 명만 거두었는데 그게 바로 남천왕이오. 그리고 그 사실은 거의 알려지지 않았소. 그래서 태을진인의 진전이 실전된 것으로 알려져 있소."

"흠."

"태을진인은 청성파의 부흥 같은 것에는 관심이 전혀 없었던 것 같소. 그의 관심은 오로지 무공연마였던 것이오. 청성파의 현 장문인 청명자(淸明子)가 태을진인의 제자가 아닌 것만 봐도 알 수 있소."

화용군은 새로운 사실을 알고 나서 가슴이 답답했다. 태을진인이 죽었다고 해도 그의 제자인 남천왕이 두 눈 시퍼렇게 살아 있기 때문이다.

만약 남천왕이 태을진인의 진전을 물려받았다면 화용군이라고 해도 그의 적수가 되지 못할 것이다.

지금으로썬 남천왕이 태을진인의 제자라는 사실을 믿을 수밖에 없다. 동창 태감인 덕후가 헛소문을 듣고서 전해줄 리가 없다.

덕후가 일어서자 화용군도 따라 일어섰다.

"당분간 못 보게 될 것이오."

"건투를 빌겠소."

두 사람은 서로에게 포권을 했다.

유진은 꽤 취했지만 정신은 말짱했다.

화용군과 덕후가 대화를 나누는 동안 유진은 자신과 화용군의 관계에 대해서 오래, 그리고 깊이 생각했다. 지금의 그녀에겐 그것이 가장 중요한 일이다.

사실 그녀는 지난 십여 년 동안 오로지 화용군과 다시 만날 날만을 기다리면서 살아왔었다.

그녀의 미명(美名)이 천하에 널리 퍼져 나간 탓에 수많은 가문에서 청혼이 쇄도했으며 무림에서 날고 기는 청년들이 문정성시를 이루었지만, 그녀는 어느 누구에게도 눈길 한 번 준 적이 없었다.

지난 십여 년 동안 그녀가 한 일은 크게 세 가지였다. 무공 연마와 행협(行俠), 그리고 화용군을 찾는 일이었다. 그 세 가지 외에는 그 어느 것도 그녀의 관심을 끌지 못했다.

그렇게 해서 천신만고 십여 년 만에 꿈에서조차 그리워하던 화용군을 만났는데 그는 이미 동명왕의 무남독녀 천보공주와 혼인을 한 몸이라는 것이다.

"마음을 정했느냐?"

탁자에 마주 앉아 있다가 화용군이 불쑥 물었다.

"무슨 마음?"

"동명왕 전하를 돕기로 한 것 말이야."

"응… 그거."

유진의 머릿속에는 화용군과 천보공주가 혼인을 했다는 사실, 그리고 그것 때문에 그녀 자신은 갈 곳 없는 부평초 같은 신세가 돼버렸다는 사실만 가득했다.

"동명왕을 돕는 건 모르겠어."

"강요하지 않을게. 네 뜻대로 해."

"그렇지만 용군을 돕는 일이라면 무엇이든 하고 싶어."

화용군은 바보가 아닌 이상 유진의 말뜻을 알아들었다. 동명왕이든 남천왕이든 상관없이 오로지 화용군을 돕고 싶다는 것이다.

"우선 여긴 지내기가 불편하니까 내 거처로 가자."

"용군 거처가 따로 있어?"

"그래."

화용군과 유진, 반옥정, 북월 네 사람은 어둡지만 불빛이 화려한 밤거리로 나섰다.

밤거리는 사람들로 붐볐지만 곳곳에 남천왕부의 고수와 무사들이 깔려서 수상한 인물들을 검문도 하고 행인들을 일일이 날카롭게 살펴보고 있었다.

그러나 화용군 일행은 너무도 태연하게 유유자적 대화를

나누면서 대로 한가운데를 걸어갔다.

남천왕부는 흉수가 탈명야차 화용군이라는 사실을 까맣게 모르고 있다.

알고 있다 하더라도 탈명야차의 진면목을 모르기 때문에 화용군을 알아보지 못한다.

뿐만 아니라 동창 태감을 비롯한 동창고수들이 균천루의 살육에 가담했다는 사실조차도 모른다.

감태정이 이끌고 왔던 고수들이 단 한 명도 살아남지 못했기 때문이다.

남천왕부의 고수들은 화용군과 세 여자가 바로 앞에서 대화를 나누면서 태연히 지나가는 데도 그저 쳐다보기만 할 뿐이지 불러 세우지 않았다.

화용군 등은 아무리 봐도 흉수처럼 보이지 않았다. 더구나 유진과 반옥정, 북월 세 여자가 있어서 더욱 그랬다.

화용군과 세 여자는 천화각에서 이각 정도 걸어서 소요원으로 왔다.

"여기가 용군의 집이야?"

유진은 신기한 듯이 소요원 안을 이리저리 둘러보았다.

소요원의 집사가 앞장서 가다가 화용군에게 보고했다.

"대인, 손님이 와계십니다."

집사는 용군단 사람이며 외인이 있을 때에는 화용군을 총단주 대신 대인이라고 부른다.

"누군가?"

"방방 소협입니다."

방방에겐 소요원을 가르쳐 주었으며 중요한 일이 있을 때만 찾아오라고 일렀다.

그러므로 그가 찾아왔다는 것은 뭔가 중요한 일을 알려주려는 것이 분명하다.

"어… 용군 왔나?"

화용군 등이 거실로 들어서자 편안한 자세로 앉아서 손가락으로 코를 후비고 있던 방방이 어기적거리면서 일어서다가 유진 등을 발견하고는 그대로 얼어붙었다.

"딸꾹! 누… 구신가?"

방방은 유진의 절색미모에 놀라서 딸꾹질까지 했다.

"내가 전에 얘기했었지?"

"무슨?"

"남경의 백자명령."

"아… 자네 정혼녀?"

화용군은 어색한 미소를 지었다.

"그래."

방방은 말도 안 된다는 듯 유진을 힐끔거렸다.

"맙소사… 그 어린 정혼녀가 선녀가 되어 찾아왔다는 말인가? 자네 횡재했네, 횡재했어."

기분이 착잡하게 가라앉아 있던 유진은 두 사람의 대화 중에 그녀를 '정혼녀'라고 호칭한 것에 조금 위로가 되어 기분이 좋아졌다.

술이 마시고 싶어서 화용군이 오기만 기다리고 있던 방방은 그의 눈치를 살폈다.

"술 마실 건가?"

"무슨 일이 생겼나?"

용건만 듣고 방방을 보내려는 화용군은 그가 술귀신이라는 사실을 알면서도 짐짓 모른 체했다.

"술 좀 마시면서 얘기하면 안 되겠나?"

화용군이 뭐라고 하기도 전에 유진이 나섰다.

"그래, 용군. 나도 술 좀 더 마시고 싶어."

"어… 그래."

화용군은 유진까지 가세하자 떨떠름한 표정을 지었다.

방방은 유진에게 양손으로 엄지손가락을 치켜세우며 희희낙락했다.

"절색미모에 마음씨까지 최곱니다, 최고!"

유진은 공력으로 취기를 몰아내지도 않은 상태에서 다시 술을 마시기 시작했다.

별다른 이유가 있기 때문이 아니라 그냥 오늘 밤은 울적해져서 취하고 싶었다.

십여 년 만에 극적으로 화용군을 만나서 기쁜데도 그가 혼인을 했다는 사실에 충격을 받았기에 이대로는 견딜 수가 없었다.

방방은 술을 다섯 잔 이상 마시고서야 비로소 찾아온 용건을 꺼내놓았다.

"굉장한 정보야. 동창과 서창을 비롯한 황궁십이감이 남천왕에게 충성을 맹세했다는 거야."

"음. 그래."

그런데 방방은 화용군이 전혀 놀라지 않고 덤덤한 반응을 보이자 어이없는 표정을 지었다.

"내 말 못 알아들었어? 황궁십이감이 남천왕 휘하에 들어갔다는 거야."

조금 취기가 오른 유진이 흔들거리면서 말했다.

"그건 용군이 동창 태감에게 시킨 거예요."

"예?"

"아까 용군하고 동창 태감이 만났어요."

"예에……?"

방방은 쥐고 있는 술잔에서 술이 넘치는지도 모를 정도로 놀란 표정을 지었다.

화용군은 구태여 숨길 일이 아니라서 설명했다.

"황궁십이감을 거짓으로 남천왕에게 복속시킨 거다."

"허어……."

놀란 방방은 눈을 껌뻑거리면서 화용군을 쳐다보았지만 자세한 것은 묻지 않았다.

"한 가지 더 있는데 그것도 알고 있는 건가?"

방방은 말해놓고서 화용군과 유진을 번갈아 쳐다보다가 말을 이었다.

"오대문파가 고수들을 이끌고 북경으로 오고 있어."

그러면서 그는 그것마저 화용군이 알고 있는지 그의 표정을 살폈다.

화용군은 전혀 예상하지 않았던 일에 조금 어이없는 표정을 지었다.

우령진인은 청성파와 화산파, 점창파는 회유를 할 수 있을 것이라고 자신 있게 말했었다.

그런데 오대문파가 고수들을 이끌고 북경으로 오고 있다면 뭔가 일이 잘못된 것이다.

"규모가 어느 정도냐?"

"오대문파 장문인들이 자파의 제자들을 거의 전부 이끌고 오는 모양이야."

"음."

화용군은 저절로 신음이 흘러나왔다. 그는 예전 감태정이나 남천왕만 죽이면 복수가 끝나는 것이라고 생각했을 때에는 오대문파 같은 건 신경도 쓰지 않았었다.

무림에 구대문파가 있다는 정도만 알고 있었다. 그러니 오대문파가 제자들을 모조리 이끌고 오든 말든 그하고는 하등의 상관이 없었던 것이다.

그렇지만 동명왕을 돕기로 결심하고 나서는 하나부터 열까지 일일이 다 신중을 기해야 하기 때문에 어려움이 한두 가지가 아니다.

'사숙이나 내가 모르는 뭔가가 있다.'

그렇지만 지금 당장 어떻게 해보거나 알아볼 수는 없는 일이다. 내일이나 돼야지만 어떻게든지 손을 써볼 수 있을 터이다.

중요한 얘기가 끝나고, 화용군이 골똘하게 생각에 잠긴 동안 침묵 속에 세 사람은 묵묵히 술만 마셨다.

그러다가 방방이 화용군과 유진 뒤에 묵묵히 서 있는 반옥정과 북월을 번갈아 보면서 말했다.

"그렇게 멀뚱하게 서 있지 말고 같이 마십시다."

화용군은 뒤돌아보지 않고 고개만 가볍게 끄떡였다.

"옥정, 이리 와라."

명령에 죽고 사는 반옥정은 두말하지 않고 화용군 왼쪽에
와서 꼿꼿하게 앉았다.

결국 유진의 명령에 북월도 자리에 앉아 다섯 명이 술을 마
시는 상황이 됐다.

술이 조금 취한 반옥정은 속에 있는 말을 했다.

"감중도와 감태정을 죽이는데 저는 돕지도 못했을뿐더러,
제사를 지내는데 함께하지도 못해서 서운합니다."

말은 단지 서운하다고 하지만 반옥정으로서는 화용군이
원망스러울 법도 하다.

과거 반옥정은 혈명단 제남지단주였던 무애의 심복이었으
며, 같은 심복인 야조와는 둘도 없는 친구였었다.

무애와 야조, 반옥정 세 여자가 모두 화용군에게 굴복하여
충성하기로 맹세한 후에 무애와 야조는 그의 여자가 되었으
며, 이후 감태정에게 처참한 죽음을 당했었다.

반옥정의 소명은 두 가지다. 하나는 무애와 야조의 원수를
갚는 것이고, 또 하나는 죽을 때까지 화용군을 그림자처럼 보
필하는 것이다.

그런데 그중 첫 번째인 무애와 야조의 원수를 갚는 일에 반
옥정은 도움이 되지 못했으며, 화용군이 감태정의 수급을 갖

고 제남으로 가서 제사를 지낼 때도 함께하지 못했으니 마음 속에 무거운 앙금으로 남은 것이다.

슥―

"미안하다, 옥정. 나와 함께 제남으로 가서 다시 한 번 제사를 올리도록 하자."

화용군은 왼쪽에 앉은 반옥정의 등을 부드럽게 쓰다듬으면서 사과했다.

반옥정은 가볍게 움찔하며 그를 쳐다보았다. 이렇게 그녀의 등을 쓰다듬거나 위로하는 말 따윈 예전에는 하지 않았던 화용군이라서 적이 놀란 것이다.

"알겠습니다."

그때 유진이 화용군에게 물었다.

"그녀는 누구지?"

유진은 반옥정이 누군지 궁금했다. 아니, 그녀의 행동으로 미루어 볼 때 화용군의 심복인 줄은 짐작하지만 그녀가 여자라는 점이 신경 쓰였다.

화용군은 팔을 뻗어 반옥정의 어깨에 두르고 슬쩍 가깝게 끌어당기며 정감 있게 말했다.

슥―

"내 분신이야."

"분신?"

전혀 예상하지 않았던 대답에 유진은 적이 놀라는 표정을 지었다.

화용군의 말에 반옥정은 조금 전의 원망이 눈 녹듯이 사라지는 것을 느꼈다.

"옥정은 내 목숨을 여러 번 구했을 뿐만 아니라 내가 절망에 빠졌을 때 오랜 세월 동안 내 곁에서 생사고락을 함께했어."

"아……."

"나는 옥정을 누나라고 생각해. 부모 같고 친구 같은 소중한 누나 말이야."

유진은 큰 감명을 받고 자리에서 일어나 반옥정에게 포권을 하며 허리를 굽혔다.

"용군을 지켜줘서 고마워요."

제66장

———

유언장

화용군은 만취한 방방을 손님방 침상에 눕히고 돌아왔다.

반옥정과 북월은 화용군과 유진을 위해서 자리를 피해주었다. 두 사람이 할 얘기가 많을 것이라고 생각한 것이다.

"진아, 너에게 할 얘기가 있어."

단둘이 남게 되자 화용군은 진지한 얼굴로 말했다. 그는 천보와 한련에 대해서 솔직하게 말하려는 것이다.

하지만 유진에게 무엇을 바라는 것은 없다. 그저 자신의 입장을 밝히려는 것뿐이다.

"난 혼인하기로 한 여자가 있다."

화용군이 무슨 말을 하려는지 짐작하고 있던 유진은 의아한 표정을 지었다.

"천보공주와 혼인한 게 아니었어?"

"어?"

화용군은 뜨악한 표정을 지었다.

"너… 뭔가 알고 있는 거야?"

"용군이 천보공주하고 혼인한 사이라고 동창 태감이 말해 줬어."

"그 사람이……."

화용군은 천보뿐만 아니라 한련에 대해서도 유진에게 빼놓지 않고 다 설명을 해주었다.

그는 열두 살 무렵에 유진하고 정표를 나눠 가지면서 나중에 어른이 되면 혼인을 하자고 약속했었지만 세월이 흐르면서 그 약속은 마음속에서 점점 퇴색했었다.

그 당시 나중에 어른이 되면 혼인을 하자고 먼저 말을 꺼낸 사람은 유진이었고 정표로 백자명령을 먼저 준 것도 유진이었다.

그 말을 듣고 화용군은 나중에 어른이 되어 유진하고 혼인을 하면 좋을 거라는 생각은 했었지만 그 약속을 목숨 걸고 지켜야 한다는 생각은 하지 않았었다.

그의 얘기를 다 듣고 난 유진은 아무 말도 하지 않고 꼿꼿한 자세로 앉아서 그를 말끄러미 주시했다.

그의 얘기를 듣고 그가 아직 혼인을 하지는 않았지만 천보한 여자가 아니라 용녀 한련까지 두 여자와 사랑하는 사이고 또 혼인할 사이라는 걸 알고는 마음이 더욱 무겁게 가라앉았다.

그녀는 고뇌했다. 천하삼절미의 두 여자와 사랑에 빠진 그를 계속 사랑해야 하는 것인지, 아니면 이대로 물러서야 옳은지 그를 뚫어지게 주시하면서 생각을 거듭했다.

현재 유진은 화용군을 사랑하고 있다. 십여 년 전 열두 살 무렵 나룻배에서 소변을 보다가 하얀 궁둥이를 그에게 보였던 날부터 지금 이 순간까지도 그녀의 사랑은 변해본 적이 없었다.

아니, 십여 년 동안 사랑이 켜켜이 쌓여서 이제는 그 엄청난 무게 때문에 그녀의 가녀린 몸이 부서질 지경이다.

그런데 화용군은 예전의 그가 아닌 것이다. 그는 변했고 그녀는 변하지 않았다. 차이가 있다면 그것이다.

"날 사랑해?"

갑자기 유진이 표정도 변하지 않고 불쑥 물었다.

화용군은 즉답하지 못했다. 그러고는 자신이 유진을 사랑하고 있는지 생각해 보았다.

유진은 그가 얼른 대답을 하지 못하는 걸 보고서 적잖이 실망했으나 겉으로 드러내지 않고 대답을 기다렸다.

화용군은 십여 년 전 남경성에서 유진과 함께 보냈던 시간과 소중한 경험을 돌이켜 생각했고, 지난 십여 년 동안 자신이 과연 얼마나 유진을 생각하고 또 그리워했는지를 되짚어 보고 나서 조용한 목소리로 대답했다.

"그래. 사랑해."

유진의 눈이 가벼이 빛났다.

화용군은 침실로 들어간 이후에도 침상에 눕지 않고 옷을 입은 채 우두커니 서 있다가 실내를 오락가락 걸어 다니기도 하며 상념에 잠겼다.

아무리 생각해 봐도 그는 유진을 사랑하는 것이 분명하다. 사랑을 꼭 어른이 돼서 해야 한다면 모르지만, 그는 십 년 전 그 갈대숲 속에서 이미 어린 유진을 사랑하고 있었다.

무엇보다도 소중한 누나의 홍옥잠을 그녀에게 주었다는 것이 움직일 수 없는 증거다. 그 당시에는 유진을 사랑했기 때문에 홍옥잠을 주었던 것이다.

그렇다고 해도 이젠 어떻게 할 수가 없다. 유진을 사랑하지만 이루어지지 못할 일이다.

그에겐 이미 천보와 한련이 있는데 거기에 유진까지 맞이

할 수는 없다.

그에게 그런 마음이 있다고 해도 대체 무슨 낯짝으로 유진에게 셋째 부인이 돼달라고 말할 것이며, 설혹 말한다고 해도 그녀가 절대로 받아들일 리가 없다.

영웅은 삼처사첩을 거느려도 욕먹을 일이 아니라고 한다지만 그는 자신이 영웅이라 생각하지 않는다. 그리고 이건 영웅의 삼처사첩하고는 다른 차원의 일이다.

내일 아침 날이 밝으면 유진은 떠날 것이다. 그러면 살아생전에 그녀를 다시 볼 수 있을지 장담할 수 없다. 아니, 못 보게 될 가능성이 높다. 만날 기회가 있더라도 일부러라도 서로 피할 것이기 때문이다.

검황신문이 동명왕을 돕느냐 아니냐는 지금 이 순간 중요한 일이 아니다.

"후우······."

그는 자신도 모르게 무거운 한숨을 내쉬었다. 유진을 붙잡을 용기도 없고 천보와 한련에게 유진을 받아달라고 뻔뻔스럽게 부탁할 염치도 없다.

그는 지금 같은 기분을 생전 처음 느껴보았다. 마음이 안타깝기 그지없어서 타들어가는 것처럼 바싹바싹 마르는 것 같았다.

그런데 그때 옆방의 문이 열리는 소리가 들렸다. 이 층에는 방이 두 개이며 그와 유진이 쓰고 있다.

사박사박…….

유진이 낭하를 걸어오는 소리가 들리더니 이윽고 화용군의 방문 앞에 멈추었다.

유진이 방문 밖에서 나직한 한숨을 내쉬는 소리가 화용군의 귀에 또렷하게 들렸다.

화용군은 문을 향해 선 채 묵묵히 응시했다. 그녀가 한밤중에 왜 그를 찾아온 것인지 궁금했다.

"자?"

문 밖에서 유진이 조용한 목소리로 물었다.

척—

화용군이 문을 열자 유진이 두 손을 앞으로 모은 자세로 서 있다가 갑자기 문이 열리고 문 안쪽에 서 있는 그를 보고는 흡! 하고 짧은 숨을 들이켰다.

"무슨 일이냐?"

"저……."

화용군의 물음에 유진은 당황하여 얼굴을 붉히면서 옷자락을 만지작거렸다.

그는 자신이 이상한 반응을 보였다는 것을 즉시 깨달았다. 밤늦게 유진이 찾아왔으면 무슨 볼일이 있을 텐데 무슨 일이냐고 딱딱하게 물었으니 그녀가 말문이 막힐 수밖에 없을 것이다.

"어… 들어와."

그는 유진의 팔을 잡고 안으로 끌어당겼다. 그 바람에 유진이 비틀거리면서 고꾸라질 듯이 실내로 들어서는 것을 그가 얼른 팔을 뻗어 허리를 안았다.

그가 뒤에서 팔로 허리를 안은 자세를 취하고 그녀는 몸의 뒷부분을 그에게 기댄 모양새가 되어 그대로 가만히 서서 어색한 침묵이 흘렀다.

슥—

화용군은 두 팔로 그녀의 가느다란 허리를 부드럽게 안고 그녀의 귀에 입술을 대고 중얼거리듯이 말했다.

"진아, 정말 미안하다."

"난 여전히 용군을 사랑해."

유진이 불쑥 말하자 화용군은 착잡한 기분이 되었다.

"나도 널 사랑한다."

"그런데 어떻게 그럴 수가 있지?"

"……."

화용군은 말문이 막혔다. 열두 살 때 약속을 목숨 걸고 지켜야 한다는 생각을 해본 적이 없기에 유진에게 더욱 미안해서 뭐라고 할 말이 없다.

"나는 다른 남자 따윈 단 한순간도 생각해 본 적이 없었어.

내 마음속에는 오로지 용군만이 가득했으니까…"

그렇게 말해놓고서 그녀는 고개를 살래살래 가로저으며 슬픈 표정을 지었다.

"이제 와서 이런 말을 한들 무슨 소용이 있겠어."

슥—

그녀는 그대로 몸을 돌려 화용군과 마주 보는 자세를 취하고는 몸의 앞부분을 화용군에게 밀착시킨 채 고개를 들어 그를 올려다보며 말했다.

"용군, 오늘 나를 가져."

"……."

화용군은 순간적으로 그녀의 말을 알아듣지 못했다.

유진은 아무런 행동도 취하지 않고 두 팔을 아래로 늘어뜨린 채 흔들리는 눈빛으로 그를 올려다보았다.

"내 순결을 용군에게 주고 싶어. 그러고 나서 나는 내일 아침 남경으로 돌아갈 거야."

그제야 그녀의 말을 알아들은 화용군은 그녀의 허리를 감았던 팔을 풀고 미간을 좁히며 고개를 가로저었다.

"그럴 수 없다."

유진은 강경했다.

"이대로는 용군을 포기할 수가 없어서 그래. 용군이 날 가지면 미련 없이 떠날 수 있을 거야. 그렇게 해줘."

"진아······."

화용군은 유진을 이해하기 어려웠다. 여자를 모르는 그로서는 당연한 일이다.

"그러면 십 년 동안 용군을 사랑하면서 기다렸던 마음을 정리할 거야."

슥—

말을 마친 유진은 뒤로 세 걸음 물러나더니 갑자기 옷을 벗기 시작했다.

"진아······."

당황한 화용군은 움찔 그녀에게 한 걸음 다가갔으나 더 이상 어떤 행동도 취하지 못했다.

사륵······.

그가 지켜보고 있는 동안 유진은 옷을 다 벗고 젖가리개와 속곳만 입은 모습이 되었다.

경장을 입고 있을 때는 그저 늘씬하고 가녀리게만 보였던 그녀의 몸이었으나 막상 옷을 벗자 늘씬하면서도 풍만한 자태가 드러났다.

티 한 점 없이 뽀얗고 흰 살결과 당장에라도 젖가리개를 끊어버릴 것 같은 탱탱한 젖가슴이 숨을 쉴 때마다 출렁거렸으며, 몹시 작은 헝겊쪼가리에 가려져 있는 은밀한 부위는 수줍음을 머금고 있었다.

그러나 화용군은 가슴이 답답해서 착잡한 눈빛으로 그녀를 바라볼 뿐이다.

스윽—

마침내 유진은 젖가리개와 속곳마저도 풀어서 태어날 때 그대로의 전라가 되었다.

그녀는 손으로 가리지도 않고 돌아서지도 않은 채 다리를 약간 꼰 모습으로 다소곳이 서서 빨갛게 물든 얼굴을 약간 숙이고 있었다.

화용군은 그녀를 응시하면서 어떻게 해야 할지 몰랐다. 십 년 동안 그를 사랑하고 기다려 온 그녀를 버려야 하는 이 상황이 그저 참담할 뿐이다.

그녀는 그를 사랑하고 기다렸던 십 년의 마지막 정표로 그에게 순결을 바치려고 하지만 그는 그녀에게 아무것도 해줄 것이 없다.

"용군이 날 갖지 않는다면 난 더 비참해질 거야."

그녀가 용기를 내서 그를 바라보며 안타까운 얼굴로 말했고 화용군은 더 안타까운 표정을 지었다.

두 사람은 침상에 누웠다. 아니, 누워 있는 유진 위에 화용군이 엎드려 있다.

커다란 체구의 화용군에 비해서 작고 가냘픈 유진은 겁에 질린 얼굴로 눈을 꼭 감은 모습이다.

화용군은 천천히 충분한 시간을 두고 그녀를 애무했다. 입맞춤에 이어서 젖가슴과 은밀한 부위까지 사랑하고 미안한 마음을 담아 정성껏 어루만졌다.

"아……."

유진의 입에서는 자꾸만 달착지근한 신음이 새어 나왔고 몸이 점점 뜨거워졌다. 이런 이상한 느낌은 그녀로선 생전 처음 맛보는 것이다.

그녀의 젖가슴이 화용군의 입과 손에 의해서 유린되고, 은밀한 부위로 거침없이 애무가 쏟아졌다.

이윽고 화용군이 그녀에게 들어가기 위해서 자세를 취했다.

"아아……."

무언가 거대한 불덩어리가 은밀한 부위로 서서히 진입하자 그녀는 놀라서 눈을 크게 뜨고 몸이 단단하게 경직됐다.

그런데 그건 시작에 불과했다. 활활 타오르는 불에 시뻘겋게 달군 쇳덩이 같은 물체가 점점 더 깊숙하게 그녀의 몸속으로 밀고 들어왔다.

"아아… 이… 이게 뭐야……."

그녀는 그것이 화용군의 음경일 것이라고 짐작하지만 그러기에는 너무 고통스럽고 또 무서웠다.

그녀는 손바닥으로 화용군의 가슴을 밀면서 공포에 질려 애원했다.

"아아… 천천히… 아파……."

화용군은 그녀의 그런 모습이 애처로워서 동작을 멈추고 그녀를 굽어보았다.

"그만할까?"

"아아… 그녀들도 이렇게 했어?"

"무슨 말이야?"

"천보와 한련… 그녀들도 용군이 이렇게 한 거야?"

"그래."

유진은 피가 나도록 입술을 깨물었다. 그녀들이 했다면 자신도 못할 게 없다는 생각이다.

"아… 계속해."

화용군은 유진이 덜 아파하도록 아주 느리고도 부드럽게 허리를 움직였다.

그리고 어느 순간 유진은 매우 기이한 느낌이 들었다.

화용군이 그녀의 몸속으로 깊이 들어올 때 자신과 그가 하나로 이어진 듯한 느낌이다. 지독한 고통 속에서 그것은 매우 신기한 경험이다.

그러더니 잠시 후부터는 그녀와 그가 한 몸이 된 것 같은 느낌에 사로잡혔다.

어떻게 해서 각각 다른 개체인 두 사람이 한 몸인 것처럼 느껴지는 것인지 불가해한 일이다. 그렇지만 그런 느낌이 그녀의 고통을 어느 정도 덜어주었다.

"아아……."

그녀는 두 손으로 그의 등을 힘껏 안았다.

다음 날 동이 트기도 전에 잠에서 깬 유진은 소요원을 몰래 빠져나왔다.

술이 많이 취한데다 밤사이에 유진과 세 번이나 격렬한 정사를 한 화용군은 잠에 취해서 그녀가 떠나는 줄도 모르고 있었다.

유진은 용군단 북경지단에 있는 검황신문 고수들에게는 각자 흩어져서 남경으로 귀환하라고 전갈을 보내두었다.

동이 틀 때쯤 유진과 북월은 북경 남쪽 삼십여 리 관도를 걸어가고 있었다.

유진은 여기까지 경공술을 전개했으나 고통을 더 이상 참지 못하고 마침내 걷기 시작했다.

"아……."

그러다가 그녀는 길가의 나무를 한쪽 손으로 짚고 다른 손으로 아랫배를 지그시 눌렀다.

어젯밤 순결을 잃은 탓에 은밀한 부위가 너무도 아팠으며 뱃속에는 아직도 화용군의 그것이 뾰족한 창처럼 꽂혀 있는 것 같았다.

"왜 그럽니까? 어디 아픕니까?"

북월이 걱정스럽게 묻자 유진은 다시 걷기 시작하는데 어기적거리는 걸음이다.

화용군이 쫓아올까 봐 여기까지는 아픔을 참으면서 부지런히 경공술을 전개했었지만 막상 긴장이 풀리자 참았던 고통이 한꺼번에 몰려들었다.

"아픈 곳이 어딥니까? 잠시 쉬면서 치료하고 가는 게 좋겠습니다."

북월은 엉거주춤한 자세로 잘 걷지도 못하는 유진을 보면서 잔뜩 걱정 어린 얼굴로 말했다.

북월은 어젯밤에 화용군의 방에서 흘러나온 신음 소리를 듣고 두 사람이 무엇을 했는지 짐작했으나 그것 때문에 유진이 아플 거라는 생각까지는 하지 못했다. 전혀 그런 경험이나 지식이 없기 때문다.

유진은 걸음을 멈추고 얼굴을 찌푸린 채 북월을 바라보았다.

"북월, 아직 처녀지신이지?"

"……."

북월은 뜬금없이 이게 무슨 소린가 하는 표정이다.

"남자하고 잔 적이 없지?"

"그… 렇습니다만… 갑자기 그건 왜…….."

북월은 떨떠름하게 대답했다.

"나 어젯밤에 뭐했는지 북월도 알지?"

"화용군하고 정사한 것 말입니까?"

유진은 북월을 보면서 참 말도 멋대가리 없이 한다는 표정을 지었으나 그걸 갖고 뭐라고 하지는 않았다.

"그래. 그래서 아픈 거야."

"정사를 해서 말입니까?"

"그렇다니까."

북월은 유진과 나란히 걸으면서 몹시 궁금한 표정을 지었다.

"정사를 했는데 어디가 아픈 겁니까?"

유진은 답답해서 상대하기 싫다는 표정을 지었다.

"너도 정사해 봐. 그럼 알게 될 거야."

사실 유진은 몸보다 마음이 더 아팠다. 순결을 화용군에게 주고 나면 그를 잊어버리기가 쉬울 줄 알았는데 어떻게 된 일인지 순결을 주고 나니까 예전보다 그가 훨씬 더 사랑스러워졌다.

그에게서 점점 멀어질수록 가슴이 답답해지고 애간장이 타서 죽을 것만 같았다.

이제 그를 다시는 못 볼 거라는 생각을 하니까 앞으로 어떻게 살아가야 할지 막막하기만 했다.

화용군은 급히 옷을 입고는 전각 밖으로 달려 나왔다.

아침에 눈을 뜨니까 침상에 유진이 보이지 않아서 혹시 떠나버린 것이 아닌가 하는 걱정이 앞선 것이다.

그러면서도 그녀가 일찍 일어나서 산책을 하고 있을지 모른다는 생각에 장원 안 이곳저곳을 살펴보았으나 그녀의 모습은 보이지 않았다.

그가 자신의 방이 있는 전각 앞으로 다시 돌아오는데 반옥정이 어느새 그를 따르고 있다.

"옥정, 진아를 못 보았느냐?"

"새벽에 떠났습니다."

"어디로 갔느냐?"

"모릅니다."

"그녀의 심복… 북월도 함께 갔느냐?"

"그렇습니다."

북월도 같이 갔다면 유진이 떠난 게 분명하다. 화용군은 유진이 떠나야만 하고 또 떠날 것이라고 생각했었지만 그게 막상 현실로 다가오자 가슴이 저렸다.

지난밤에 그는 유진의 순결을 취했다. 그렇지만 그건 단순히 순결을 취하는 데 그친 게 아니라 그녀를 자신의 여자로 만든 것이었다.

그녀가 자신의 순결을 그에게 주면 십 년 사랑을 정리할 수 있을 것이라는 말을 어째서 곧이곧대로 믿었는지 지금 생각하면 어리석기 짝이 없다.

그는 답답한 마음에 반옥정에게 신경질을 부렸다.

"왜 나를 깨우지 않았느냐?"

"깨워야 하는 겁니까?"

"당연한 것 아니냐?"

"주군께 그런 명령을 받은 적이 없습니다."

화용군은 발끈했다.

"명령을 하지 않았어도 상식적으로 생각하면 그녀를 잡거나 나를 깨웠어야 하는 것 아니냐?"

반옥정은 그 자리에 무릎을 꿇고 고개를 숙였다.

"잘못했습니다."

"그만 됐다."

그는 홱 돌아서서 돌계단을 올라갔다.

승―

그런데 뒤에서 검을 뽑는 소리가 들려서 재빨리 뒤돌아보다가 움찔 놀랐다.

무릎을 꿇고 있는 반옥정이 검을 자신의 목으로 베어가고 있는 것이 아닌가.

검이 이미 반옥정의 목에 닿으려는 순간이라서 화용군은 급한 나머지 번개같이 오른팔을 뻗었다.

쨍—

순간 야차도가 튀어나오면서 붉고 푸르스름한 흐릿한 빛줄기가 뿜어져 검을 맞춰 퉁겨냈다.

검기에 적중된 검은 반옥정의 손에서 벗어나 허공을 날아가서 이 장 떨어진 땅에 꽂혔다.

화용군은 반옥정이 왜 그랬는지 굳이 묻지 않아도 짐작할 수 있었다.

그녀는 화용군의 꾸중에 자신이 잘못했다고 생각하여 자결로써 죄를 씻겠다는 뜻이었다.

한 치도 어긋남이 없는 그녀의 성격의 일면을 고스란히 보여주는 행동이다.

따지고 보면 그녀는 잘못한 게 없다. 유진이 떠난 것 때문에 화용군이 괜히 그녀에게 신경질을 부렸으므로 잘못은 그에게 있다.

그는 이날까지 한 번도 반옥정을 나무란 적이 없었는데 유진 때문에 신경이 날카로워져서 괜한 짓을 했다.

"미안하다."

그는 손을 뻗어 반옥정의 팔을 잡아 일으켰다.

유진에게 큰 죄를 지었다는 죄책감 때문에 이것저것 다 엉망이 되는 기분이다.

화용군은 하루 종일 방에만 틀어박혀서 금강명해 연마에 몰두했다.

유진이 떠난 것 때문에 답답하기도 하지만, 남천왕이 태을진인의 제자라는 사실을 알게 되어 그것이 마음에 걸려서 가만히 있을 수가 없었다.

금강명해를 조금이라도 더 연마하여 실력을 증진해야 한다는 조바심이 그를 가만히 있지 못하게 만들었다.

저녁나절에 뜻밖에 한련이 소요원에 왔다. 그녀의 표정이 매우 초조한 것으로 미루어 중요한 일인 것 같았다. 하긴 중요한 일이 아니라면 그녀가 직접 찾아왔을 리가 없다.

"무련공주라는 여자가 찾아왔었어요."

"널 말이냐?"

자리에 앉기도 전에 한련은 긴장한 얼굴로 말했다.

"네. 소녀가 북경지단에 있는데 무련공주가 찾아와서 남천왕을 도와달라는 말을 하더군요."

상단인 용군단에게 남천왕을 도와달라는 말은 자금을 대라는 뜻이다. 그 외에는 볼일이 없을 것이다.

"그래서 총단주께 보고를 해야 하니까 말미를 좀 달라고 말해서 일단 돌려보냈어요."

"음."

화용군은 미간을 찌푸렸다. 남천왕이 세력을 모으고 또 그걸 운영하려면 무엇보다도 막대한 자금이 필요할 것이다.

그렇지만 그가 지금껏 자금줄 없이 거사를 진행했을 리가 없다. 필경 누군가 남천왕에게 계속 자금을 대주고 있었을 것이다.

남천왕이 포섭한 세력은 수만, 아니, 수십만 명에 달할 것이므로 현상 유지를 하는 데만도 어마어마한 자금이 소요될 것이 분명하다.

'어쩌면 천하삼대상권 중에 하나가 남천왕을 돕고 있는지도 모른다. 그러나 워낙 막대한 자금이 들어가다 보니까 한계에 이르러서 용군단에 손을 뻗친 것일 수도 있다.'

남천왕은 지금껏 잘하고 있었는데 갑자기 자금이 더 필요하게 되었다면 그것이 무엇을 의미하겠는가.

'남천왕의 거사가 가까웠다는 것인가?'

오대문파 장문인들이 직접 자파의 거의 모든 고수를 이끌고 북경으로 오고 있다.

그리고 남천왕으로서도 황제의 서거를 언제까지나 숨기고 있을 수는 없는 노릇이다.

골똘하게 생각을 해봐도 결론이 나지 않은 화용군이 한련에게 물었다.

"그래서 무련공주가 뭐라고 하더냐?"

"닷새 후에 다시 찾아오겠다고 했어요."

한련은 무련공주가 찾아왔었다는 보고를 하면서 보고 싶은 화용군도 볼 겸 해서 소요원에 왔으나 그는 자신의 방에 틀어박혀서 두문불출 꼼짝도 하지 않고 있다.

유진 때문에 마음이 어지러운 데다 남천왕이 뭔가 꾸미고 있는 것 같아서 초조해진 화용군은 금강명해를 연마하면서 생각을 정리하고 있는 중이다.

그는 예전처럼 검법을 연마하는 게 아니라 체내에서 들끓고 있는 어떤 기운과 싸움을 벌이고 있다.

금강명해를 배우기 전에는 공력을 끌어 올려 그걸 야차도에 주입하면서 초식을 전개했었다.

그렇지만 지금은 공력을 일부러 끌어 올리지 않아도 아무 때나 초식만 전개하면 저절로 공력이 발출된다. 물론 금강명해를 터득하고 나서는 공력이 예전하고는 비교할 수 없을 만큼 고강해졌다.

그런데 지금 화용군을 고민에 빠뜨리고 있는 것은, 얼마 전까지만 해도 단전에 축적돼 있었던 공력이 지금은 감쪽같이 사라졌다는 사실 때문이다.

그런 상황에서도 초식을 전개하기만 하면 어디에선가 공력이 뿜어져 나오는 것이다.

'그렇다면 반드시 초식을 전개해야지만 공력을 사용할 수 있다는 말인가?'

그는 고개를 갸웃거리다가 오른손에 공력을 모아보았다. 하지만 공력이 모아지지 않았다. 초식을 전개하는 것이 아니기 때문이다.

공력이 단전에 축적되어 있을 때에는 자유자재로 끌어 올려서 사용할 수 있었는데 지금은 그게 불가능하다.

그러나 이런 상황이 된 데에는 반드시 무슨 원인이 있을 것이다. 원인 없는 결과라는 건 있을 수 없다.

슉!

이번에는 눈앞에 가상의 적이 있는 것처럼 오른팔의 야차도를 재빨리 뻗으면서 공격을 개시했다.

순간 야차도에서 붉고 푸른 흐릿한 검기가 쭉 뿜어져 정면의 벽을 향해 쏘아갔다.

그러나 검기가 벽에 적중되기 직전에 재빨리 공격을 철회하자 빛살이 씻은 듯이 사라졌다.

파아…….

만약 검기가 벽에 적중되었다면 벽에 구멍이 뚫리고 말았을 것이다.

그는 이번에는 야차도를 집어넣고 왼팔을 뻗으면서 공력을 끌어 올렸으나 허사였다.

그러고는 공격을 하지 않을 때와 공격을 할 때의 차이점이 무엇인지 곰곰이 생각해 보았다.

'야차도인가?'

공격을 할 때는 야차도를 뽑고 그렇지 않을 때는 맨손이니까 공력을 일으키는 도화선이 야차도가 아닐까 생각해 본 것이다.

'야차도의 무엇이 그러는 것인가?'

공력과 야차도의 상관관계가 무엇인지 아무리 생각을 해봐도 떠오르는 것이 없다.

'그렇지.'

그는 이번에는 금강명해가 아닌 예전의 역천심법을 운공조식 해보았다.

그랬더니 운공조식이 끝났을 때 공력이 단전에서 가득 넘실거리고 있는 게 생생하게 느껴졌다.

조금 전까지만 해도 어디에 틀어박혔는지 알 수 없던 공력이 단전에 가득하다.

역천심법과 금강명해로 운공조식했을 때가 이렇게 다르다니 신기한 일이다.

그러나 역천심법을 운공하여 초식을 전개하면 금강야차명왕으로 변하여 감정을 조절을 할 수 없는 상황에 직면한다.

　반대로 금강명해는 금강야차명왕을 조절할 수 있지만 공력이 어디에 있는지조차 모른다.

　'어째서 이러는 건가?'

　그는 꽤 오랜 시간 동안 역천심법과 금강명해를 번갈아 가면서 운공을 하고 시험을 해봤지만 끝까지 이유를 알아내지 못했다.

　"용 대가에게 무슨 일이 있는 건가요?"

　한련은 화용군이 방에서 나오지 않자 이상한 생각이 들어서 반옥정에게 물었다.

　"용 대가의 저런 모습은 처음 보는 것 같아요."

　반옥정은 화용군이 저러는 게 유진 때문이라고 생각했지만 그 사실을 한련에게 말하기는 곤란했다.

　그러나 한련은 반옥정이 머뭇거리는 표정에서 뭔가 있다고 짐작했다.

　"뭔지 말해주면 내가 용 대가에게 도움이 될 수도 있지 않겠어요?"

　반옥정은 한련의 말이 옳다고 생각했다. 유진 문제를 해결할 사람은 한련이나 천보이기 때문이다.

중이 제 머리 못 깎는다고 화용군이 유진의 일에 나설 수 없으며 유진 자신은 더더욱 아무것도 할 수가 없는 처지일 것이다.

화용군을 방에서 나오게 한 사람은 뜻밖에도 방방이다.

방방은 총방교 삼절묘개의 급한 전갈을 갖고 왔다.

"동창 태감이 알아낸 정보야."

평소에는 화용군을 만나기만 하면 술부터 찾는 방방이지만 오늘은 술 얘기는 꺼내지도 않고 표정이 매우 진지했다. 그만큼 중요한 일이라는 뜻이다.

"황궁태사(皇宮太師)가 붕어한 황제의 유언장을 갖고 잠적했다는 거야."

"유언장?"

"황궁태사가 유언장만이 아니라 어새(御璽:황제의 도장)도 지니고 있대."

화용군은 죽은 황제의 유언장이나 어새가 무슨 용도에 사용되며 그것이 남천왕이나 동명왕 손에 들어가면 어떤 영향력을 지니게 되는지 전혀 모른다.

"총방교의 말에 의하면, 죽은 황제가 유언장에 다음 대 황위를 이을 황족을 명시했을 거래."

"음, 그런 게 있었군."

화용군은 자신도 모르게 묵직한 신음을 흘렸다. 유언장에 다음 대 황위에 오를 사람을 지목했다면 그건 가장 강력한 무기가 될 터이다.

만약 유언장에 명시된 사람이 남천왕이라고 한다면 그는 지금처럼 황족을 포섭하고 무림세력을 모으려고 아등바등하지 않아도 된다.

그저 가만히 있다가 황궁태사가 유언장을 발표하면 황위에 오르기만 하면 될 것이기 때문이다.

동명왕의 인품으로 봐서 전대 황제의 유시를 절대로 거스르지 않을 것이다.

반면에 유언장에 지목된 사람이 동명왕이라면 사태는 판이하게 달라질 것이 분명하다.

동명왕은 당연히 선황의 유시에 따라서 황위에 오르려고 할 테고, 남천왕은 수단과 방법을 가리지 않고 막으려고 할 것이 불을 보듯 뻔하다.

"총방교 말로는 지금은 유언장도 중요하지만 그보다 중요한 물건이 어새라고 하더군."

"어새가?"

"그래. 어새만 있으면 유언장 같은 것은 언제든지 새로 만들 수 있다는 거야."

"그런가?"

그 말이 맞다. 유언장에 누가 명시되어 있든지 상관이 없다. 어새만 있다면 동명왕이나 남천왕이 아닌 전혀 다른 인물을 다음 대 황제로 지목할 수도 있으니까 말이다. 말 그대로 어새는 만능이다.

"황궁태사가 지금 어디에 있지?"

"동창 태감의 말로는 지금 남천왕부에서 전력을 기울여서 황궁태사를 찾고 있대."

"남천왕이 유언장 내용을 알고 있는 건가?"

방방은 고개를 가로저었다.

"유언장은 봉인이 되어 있어서 뜯을 수가 없대."

"황궁태사는 언제 사라진 거야?"

"선황의 붕어와 동시에 연기처럼 사라졌다는 거야."

화용군은 굳은 얼굴로 고개를 끄떡였다.

"지금으로썬 황궁태사를 먼저 찾는 쪽이 황제가 되는 것이로군."

여태 침묵을 지키고 듣기만 하던 한련이 입을 열었다.

"동명왕 전하는 유언장을 준수할 거예요. 그분 성품으로는 그러고도 남아요."

화용군은 표정이 더욱 굳어서 방방에게 물었다.

"우리 쪽에서도 황궁태사를 찾고 있나?"

"개방에서 찾고 있는 중이야."

개방의 모든 정보는 일단 총방교를 거치고 총방교는 화용군 편이니까 남천왕은 한쪽 눈을 가리고 있는 것이나 다름이 없다.

슥─

"방방, 대풍보주를 불러다오."

화용군이 일어나면서 말하자 한련과 방방이 따라 일어섰다.

제67장

습격

화용군을 보자마자 금룡왕이 반가워하면서도 이내 침중한 얼굴로 말했다.

　"어제 남천왕이 직접 날 보러 왔었네."

　"그랬습니까?"

　화용군의 표정이 굳어졌다.

　"그래서 어떻게 하셨습니까?"

　금룡왕은 당찬 표정을 지었다.

　"어떻게 하긴, 호통을 쳐서 쫓아 보냈지."

　숙부인 금룡왕이 조카인 남천왕에게 호통을 쳤다는 것이다.

옆에 있는 우령진인이 빙그레 미소를 지었다.

"허허헛… 남천왕 얼굴이 붉으락푸르락하는 게 볼만했었다."

"사숙께서도 보셨습니까?"

"남천왕이 무슨 짓을 할지 모르니까 전하 곁에 그림자처럼 붙어 있었지."

"잘하셨습니다. 그런데 남천왕 쪽에서 사숙을 알아보지 못했습니까?"

우령진인은 씁쓸한 표정을 지었다.

"남천왕하고 같이 온 숭양검과 벽파신검이 날 보더니 소스라치게 놀라더군."

"그자들이 아직도 남천왕에게 붙어 있습니까?"

금룡왕과 우령진인만이 아니라 이 자리에 있는 적하신니도 의아한 표정을 지었다.

"그자들이 붙어 있다니, 무슨 일이 있었느냐?"

화용군은 자신이 감태정을 죽이려고 균천루에 갔을 때 오대문파 장로들과 최고수들을 죽이는 과정에서 마지막에 숭양검과 벽파신검이 도망쳤다는 사실을 설명했다.

적하신니가 그때 상황을 짐작할 수 있다는 얼굴로 비웃는 듯한 엷은 미소를 지었다.

"그자들은 목숨이 아까워서 도망쳤다가 화 시주가 감태정을 죽이는 광경을 숨어서 지켜보고는 자신들만 살아남은 상황에 다시 남천왕에게 돌아간 것이로군요."

우령진인은 씁쓸한 표정을 지었다.

"청성파와 점창파의 장로라는 위인이 수치를 모르는군. 그렇게 당했으면 자파로 돌아가야지 다시 남천왕에게 돌아가서 충성하다니… 쯧쯧……."

감태정이 살아 있다면 숭양검과 벽파신검이 도주했다는 사실이 남천왕에게 알려지겠지만 감태정이 죽었으니까 숭양검 등은 거짓을 고했을 것이다.

화용군은 진중하게 말했다.

"남천왕이 사숙과 신니를 봤다면 금룡왕 전하를 암살하려고 섣불리 자객을 보내지는 않겠군요."

우령진인은 고개를 끄떡이며 진중하게 말했다.

"그럴 게다. 어쨌든 우리 신분이 드러났으니까 우리도 변복하고 숨어서 활동할 필요가 없게 됐다. 이제부터는 당당하게 드러내 놓고 행동할 테다."

화용군은 황궁태사에 대해서 얘기를 꺼냈다.

"선황의 유언장에 대해서 들으셨습니까?"

"유언장?"

"그게 어디에서 나왔다는 게냐?"

금룡왕과 우령진인, 적하신니 모두 크게 놀랐다.

화용군은 방방에게 들었던 얘기를 자세히 설명했다.

무련공주는 작고 붉은 입술을 나풀거렸다.

"혈명단으로 금룡왕을 치게 하세요."

"혈명단으로 금룡왕을 말이냐?"

남천왕은 자상한 미소를 지으면서 자신의 사랑스러운 딸을 바라보며 물었다.

"그러면 금룡왕을 호위하고 있는 세력이 누군지 다 드러나게 될 거예요."

요즘 남천왕은 이런저런 문제들로 골머리를 썩고 있지만 자신의 모든 일을 알아서 처리해 주는 딸 무련공주 앞에서는 온갖 시름을 다 잊어버린다.

"호오… 그렇게 해서 대체 어떤 놈들이 금룡왕을 돕는지 알아내자는 것이로구나."

연약한 듯 아름답기 짝이 없는 무련공주는 갸름한 얼굴에 흑백이 또렷한 눈을 반짝였다.

"어쩌면 탈명야차가 모습을 드러낼지도 몰라요."

남천왕은 고개를 끄떡였다.

"너는 탈명야차가 이 일에 깊이 연관되어 있다고 철썩같이 믿는구나."

무련공주는 단호한 표정을 지었다.

"아버님, 감태정이 탈명야차를 함정에 빠뜨리려다가 외려 누군가에게 당했는데 그게 누구라고 생각하세요? 탈명야차 말고 또 다른 제삼자가 있다고 생각하세요?"

무련공주가 이런 식으로 말할 때에는 이미 모든 분석을 다 끝냈다는 뜻이다.

"흠."

머리가 좋은 남천왕이지만 대답을 하지 못했다. 그만큼 복잡한 일이기 때문이다.

"감태정은 탈명야차를 죽이려고 제 딴에는 만반의 준비를 갖추었지만 역함정에 걸린 거예요."

무련공주는 손가락을 까딱거렸다. 확신에 찼을 때 하는 그녀만의 버릇이다.

"역함정이라는 말이냐?"

"소녀 생각에는 탈명야차가 함정이라는 걸 알고서도 스스로 걸어 들어간 게 분명해요. 함정을 깨뜨리고 모두를 죽일 수 있다고 생각한 거죠."

"그놈이 그렇게 강하다는 말이냐?"

감태정은 균천루에서 거짓 연회를 열면서 자신을 비롯하여 오대문파 장로들과 최고수들, 혈명단주 부부가 충분히 탈명야차를 죽일 수 있다고 믿었다.

더구나 세 개의 방에 숨어 있던 오대문파 삼십여 명의 고수와 천장에 은둔해 있던 삼십칠 명의 혈명살수의 합공이면 탈명야차를 죽이고도 남는다는 작전이었다.

그런데 결과는 숭양검과 벽파신검 단 두 명만 살아남고 감태정을 비롯한 전원이 몰살했다.

그러므로 남천왕은 탈명야차가 그처럼 고강하다는 사실을 믿기 어려운 것이다.

"탈명야차가 얼마나 고강한지는 모르지만 감태정을 죽인 건 분명해요."

무련공주는 눈으로 본 것처럼 확신했다.

"그렇지만 숭양검과 벽파신검은 수백 명의 괴한이라고 말하지 않았느냐?"

"두 사람이 거짓말을 한 거예요."

"어째서 그렇게 생각하느냐?"

"숭양검과 벽파신검은 목숨이 아까워서 도망쳤을 거예요. 그랬다가 감태정이 죽은 걸 알고는 다시 나타나서 태연하게 돌아온 거죠."

그녀의 새하얀 손가락이 또 까딱거렸다.

"설마……."

"아버님."

무련공주는 들고 있는 찻잔을 내려놓고 자세를 바로 하며 남천왕을 똑바로 바라보았다.

"지금 중요한 것은 탈명야차예요. 그자가 동명왕을 돕고 있다면 우리로선 가장 큰 골칫거리죠. 그걸 미리 알아내서 사전에 방비를 해야만 해요."

남천왕은 입을 다물고 고개를 끄떡이며 듣기만 했다.

"혈명단에게 금룡왕을 치라고 하면 우린 한꺼번에 네 가지 효과를 얻을 수 있을 거예요."

"호오… 네 가지씩이나 말이냐?"

무련공주는 옥으로 다듬은 듯 희고 가느다란 손가락을 하나씩 꼽았다.

"금룡왕을 돕고 있는 자들을 암중에서 끌어낼 수 있을 것이고, 쫓겨난 금룡왕이 과연 누구에게 갈 것인지 알게 될 것이며, 감태정이 남긴 쓰레기 혈명단을 자연스럽게 소멸시킬 수 있을 거예요."

"과연! 그런데 나머지 하나는 무엇이냐?"

무련공주는 묘하게 미소 지었다.

"어쩌면 이 일로 동명왕이나 탈명야차를 끌어낼 수도 있을 거예요."

"금룡왕이 유천이나 탈명야차하고 연결되었을 거라고 생각하는 것이냐?"

'유천'은 동명왕 주유천을 가리키는 것이다.

"둘 중 하나는 절대적이라고 생각해요. 그리고 둘 다 맞을 확률은 반반이에요."

남천왕은 턱을 주억거렸다.

"알았다. 다 틀리더라도 거추장스러운 혈명단을 없앨 수
있다는 게 마음에 든다."

감태정이 없는 혈명단은 밥벌레나 다름이 없다고 여기는
남천왕이다.

감태정이 끌어들인 세력이 남천왕 전체 세력의 절반에 달
하지만 그들은 이미 감태정이 아닌 남천왕에게 충성을 맹세
한 상태이기 때문에 감태정이 없어도 상관이 없다.

그러므로 감태정의 죽음은 남천왕에게 별다른 타격을 입
히지 않았다.

"무열(武烈)아."

남천왕이 나직한 목소리로 누군가를 불렀다.

척—

즉시 문이 열리고 한 명의 이십오륙 세 정도의 후리후리하
게 키 큰 청년이 들어서 공손히 허리를 굽혔다.

"부르셨습니까, 사부님?"

"음. 너 가서 숭양검을 데려와라."

"그만두세요, 아버님."

그런데 무련공주가 만류했다.

"왜 그러느냐?"

"숭양검에게 탈명야차에 대해서 물으시려는 건가요?"

남천왕은 고개를 끄떡였다.

"그래. 그걸 확실하게 집고 넘어가야지."

"그러지 마세요."

무련공주는 자신과 남천왕이 마주 앉아 있는 탁자 옆에 당당하게 서 있는 부친의 하나뿐인 제자 사무열(司武烈)을 보며 배시시 정감 어린 미소를 짓고는 다시 남천왕에게 시선을 주고 말했다.

"아버님께서 숭양검과 벽파신검을 심문해서 진상을 알아낼 수 있을지는 모르지만, 그렇게 되면 청성파와 점창파와의 관계가 껄끄러워질 거예요."

"아… 그렇겠구나."

"지금은 청성파와 점창파가 필요한 때에요. 숭양검과 벽파신검은 잠시 놔두세요."

"알았다."

남천왕은 딸의 천재적인 두뇌에 한두 번 탄복한 것이 아니라서 웬만한 일은 그냥 넘어갔다.

"그런데 용군단에 갔던 일은 어찌 됐느냐?"

"닷새 후에 대답해 주겠다고 했어요."

"음. 다음에 용군단에 갈 때는 무열과 같이 가거라."

"네, 아버님."

남천왕은 자신의 제자와 딸을 혼인시켜 줄 생각이다. 그 정도로 제자인 사무열을 믿고 사랑하기 때문이다.

다행히 딸은 어려서부터 사무열과 함께 자란 덕분에 친오빠 이상으로 잘 따르고 있다.

"무열아."

"말씀하십시오."

남천왕은 무련공주가 예상하지 못했던 명령을 사무열에게 내렸다.

"오늘 밤 혈명단이 금룡왕부를 급습할 때 너도 같이 가라."

*　　　*　　　*

화용군은 소요원에서 대풍보주 백무를 만나고 있었다.

백무는 장사치로 변장하여 북경에 들어왔다가 방방의 안내로 소요원에 왔다.

그런데 이번에 백무는 딸 백표와 같이 왔다. 백표는 실내에 들어서 화용군을 발견하자마자 비명을 지르면서 그에게 달려가 안겨들며 울음을 터뜨렸다.

"와아앙! 오라버니!"

"표야."

"오라버니 보고 싶어서 죽는 줄 알았어요… 엉엉……!"

백표가 들어서는 순간 실내에 있던 한련과 반옥정은 급히 코를 틀어막으면서 멀찍이 물러났다.

백표의 몸에서 풍기는 지독한 호취(狐臭:암내) 때문에 질식할 것만 같았다.

흐느껴 울던 백표는 갑자기 고개를 들고 까치발을 하더니 화용군의 입술을 훔쳤다.

그녀는 두 팔로 그의 목을 감고 매달려서 찰거머리처럼 떨어지지 않으며 그의 혀를 빨아댔다.

백무는 뒷짐을 지고 그 모습을 바라보면서 흡족하게 웃기만 했다.

그렇지만 한련은 백표의 난데없는 행동에 깜짝 놀라서 눈을 동그랗게 뜨고 바라보았다.

화용군은 백표의 몸을 붙잡고 떼어냈다.

"표야, 이 녀석."

"오라버니……."

화용군이 그녀의 머리를 잡은 팔을 쭉 뻗자 그녀는 바둥거리면서 앙탈을 부렸다.

"인석아, 나한테 뽀뽀하려면 내 마누라의 허락을 받아야 하는 거다."

"마누라가 누군데?"

한련이 코를 쥐고 있던 손을 얼른 놓으면서 화용군 옆으로 다가왔다.

"저예요."

백표는 화용군과 한련을 번갈아 쳐다보다가 나중에는 한
련 얼굴에 시선을 고정시키고 넋 나간 표정을 지었다.

"너무 아름다워……."

반면에 한련은 백표를 보며 놀라면서도 찬탄 어린 표정을
감추지 못했다.

백표는 중원의 여자들하고는 전혀 다른 이질적인 아름다
움을 지니고 있었다.

백표는 이제 겨우 열여섯 살이지만 한련보다 머리 절반쯤
더 큰 키에 어린아이 머리 두 개를 가슴에 달고 있는 것처럼
풍만한 가슴과 그에 비해서 개미처럼 가느다란 허리, 길고 늘
씬한 하체를 지니고 있었다.

더구나 치렁치렁한 금발은 눈이 부셨으며 깊은 연못 같은
파란 눈빛은 신비하기 짝이 없었다.

한련은 용군단 일로 외국에 자주 다녀봤지만 백표처럼 아
름다운 여자는 한 번도 본 적이 없었다.

"당신이 오라버니의 마누라인가요?"

백표가 한련을 말끄러미 주시하면서 당돌하게 물었다.

한련은 지금 이 순간 자신이 당차게 나가야 한다는 생각이
들었다.

도대체 화용군에게는 여자가 얼마나 많은 것인지 한숨 돌릴 만하면 한 명이 나타나고 그게 끝이겠지 하면 또다시 나타나고 있으니 이러다간 평생 화용군 여자 뒤치다꺼리나 하고 살아야 할 것 같았다.

"그래요. 나는 용 대가의 부인이에요."

화용군은 자신이 나서면 안 될 것 같아서 씁쓸한 표정으로 우두커니 서 있기만 했다.

"나는 예전부터 용군 오라버니하고……."

"명심하세요. 천하의 그 어떤 여자도 용 대가 몸에 손을 대서는 안 돼요."

"……."

한련이 자신의 말을 끊으면서 단호하게 말하자 백표는 억눌린 듯한 표정으로 눈을 깜빡거리기만 했다.

백표는 도와달라는 듯한 표정으로 화용군을 바라보았으나 그는 빙그레 웃으면서 불난 집에 부채질을 해댔다.

"앞으로 나는 좋은 오라비가 될 테니까 너는 언니의 말을 잘 듣도록 해라."

백표는 울먹울먹하더니 급기야 부친의 품에 안기면서 대성통곡 울음을 터뜨렸다.

"으아앙!"

"그러니까 황궁태사라는 작자를 찾으라는 얘긴가?"

화용군의 설명을 듣고 난 백무는 진중하게 말문을 열었다.

"그렇습니다. 개방에서 찾고 있지만 아무래도 하북성은 대풍보의 안방 아닙니까?"

"알겠네. 개방보다 일찍 황궁태사를 찾아낸다는 데 내 목을 걸지."

"고맙습니다. 그리고……."

"뭐든 말만 하게."

백무는 시원시원하게 말했다.

"사람을 얼마나 많이 동원할 수 있습니까?"

"고수들로 말인가?"

백무는 슬쩍 긴장하는 얼굴이 됐다.

"삼류무사라도 상관없습니다. 무조건 많으면 됩니다."

"그렇다면야 하루 만에 몇십만이라도 모을 수 있지."

"그럼 만 명쯤 부탁하겠습니다."

백무는 궁금한 표정을 지었다.

"어디에 쓰려고 그러는가?"

화용군은 엷은 미소를 지었다.

"썩어빠진 도사들을 혼내줄 생각입니다."

백무는 고개를 끄떡였다.

"나중에 대풍보가 말코 도사들을 혼내줬다고 소문내도 괜찮은가?"

"그래주십시오."

백무는 무슨 일인지 모르면서도 기분이 좋아져서 코를 벌름거리다가 지나가는 말처럼 물었다.

"그런데 어디 말코 도사들인가?"

"청성파와 점창파, 화산파, 종남파, 공동파 오대문파를 차례로 혼내줄 겁니다."

"……."

백무는 동작을 뚝 멈추더니 눈을 커다랗게 뜨고 얼굴 가득 경악지색을 떠올렸다.

그랬다가는 갑자기 파안대소를 하며 손바닥으로 탁자를 마구 두드렸다.

탁탁탁탁—

"푸핫핫핫핫! 대풍보가 천하의 오대문파를 혼쭐낸다는 말인가? 거참 통쾌하구만!"

화용군은 백무, 백표, 그리고 방방과 더불어 저녁 식사를 겸해서 술을 마시고 있다.

둥글고 커다란 탁자에 화용군과 한련이 나란히 앉았고 맞은편에 백무와 백표 부녀가, 그리고 화용군과 백표 사이에 방방이 앉았다.

백표가 화용군 곁에 앉으려고 하자 한련이 나서 자리를 정해주는 바람에 백표는 징징거리면서 부친 옆에 앉을 수밖에 없었다. 한련이 너무 완강해서 백표는 절대로 그녀를 거스르지 못했다.

"남천왕이 무림세력들을 북경으로 불러 모으고 있네. 왜 그런 것 같은가?"

백무는 북경 밖에 있으면서도 북경 성내의 긴장된 분위기를 누구보다 잘 알고 있었다.

"거사가 임박했다는 뜻이겠지요."

"거사라는 건 남천왕이 자금성을 장악한다는 건가?"

화용군은 고개를 끄떡였다.

"그럴 겁니다."

백무의 얼굴에 긴장이 흘렀다.

"황궁태사가 지니고 있다는 선황의 유언장을 확인할 필요 같은 건 없다는 뜻이로군."

"어쩌면 남천왕은 유언장에 자신의 이름이 적혀 있지 않을 것이라고 짐작할지도 모르죠. 선황이 제정신이라면 다음 대황제로 남천왕을 지목하진 않았을 겁니다."

백무는 고개를 끄떡였다.

"그러니까 남천왕도 그걸 짐작하고 거사를 서두르는 것이로군. 유언장이 동명왕 수중에 들어가면 거사를 벌일 겨를도 없이 일사천리로 일이 진행되어 동명왕이 황위에 오를 테니까 말이야."

화용군은 문득 어떤 생각이 떠올랐다.

"부탁이 있습니다."

"말해보게."

"금룡왕을 비롯하여 그분을 따르는 황족들을 잠시 피신시켰으면 합니다만."

백무는 진중하게 고개를 끄떡였다.

"거사가 개시되면 남천왕에게 포섭되지 않은 황족들이 제일 먼저 표적이 되겠지. 알겠네. 언제라도 그들을 내게 보내면 안전하게 보호하겠네."

화용군은 술자리에서도 내내 뭔가 골똘하게 생각하는 모습이다. 뭐라고 설명할 수는 없지만 뭔가 개운하지 않은 기분이 들었다.

그의 첫 번째 목적은 남천왕을 죽이는 것이고 두 번째는 동명왕을 황위에 앉히는 일이다.

두 가지 중에서 어느 것 하나도 실패해서는 안 된다. 우선순위를 두자면 남천왕을 죽여서 복수를 하는 것이 먼저지만, 그렇다고 동명왕을 황위에 앉히는 일이 중요하지 않다는 뜻은 아니다.

그때 바깥 먼 곳에서 새소리 같은 것이 아련하게 들렸다.

새가 울겠거니 해서 아무도 그 소리를 신경 쓰지 않았으나 심드렁한 얼굴의 백표가 입술을 삐죽거리며 토라진 목소리를 냈다.

"밤중에 무슨 새가 운담?"

그녀의 말에 열심히 술 마시고 있던 방방이 동작을 뚝 멈추고 바깥쪽으로 귀를 세웠다.

"능개다."

그러더니 부랴부랴 밖으로 달려 나가서는 잠시 후에 능개를 데리고 들어왔다.

능개가 소요원 밖에서 미리 정해놓은 새소리로 방방에게 신호를 보냈던 것이다.

놀란 토끼 눈을 하고 있는 능개는 실내에 들어서자마자 대뜸 화용군에게 외치듯 말했다.

"지금 금룡왕부가 공격당하고 있소!"

화용군이 놀라서 벌떡 일어서는 것을 보면서 능개가 말을 이었다.

"혈명단의 급습이라고 하오! 수는 백오십 명 정도요!"

그의 말이 끝났을 때 화용군과 백무의 모습은 실내에서 보이지 않았다.

쉬이이—

"보주께선 금룡왕부 밖에 대기하고 계십시오."

화용군은 경공을 전개하여 백무와 나란히 달리면서 굳은 얼굴로 당부했다.

"금룡왕 일족이 왕부 밖으로 나오면 보주께서 그들을 이끌고 가십시오."

"염려 말게."

"먼저 가겠습니다."

쉬이익—

말과 함께 화용군의 모습이 백무의 시야에서 아스라이 사라져 갔다.

'남천왕이 거사를 개시한 것인가?'

화용군은 전력으로 야공을 쏘아가면서 초조한 마음으로 내심 중얼거렸다.

백무나 방방의 말에 의하면 남천왕 휘하의 오대문파와 무림세력들이 아직 북경 인근에 도달하려면 멀었는데 벌써 거사를 개시할 리가 없다.

'대체 무슨 속셈인가?'

알 수가 없다. 금룡왕부에는 우령진인과 적하신니가 무당파와 아미파 제자 오십여 명을 데리고 숙식하면서 금룡왕 일족을 호위하고 있다.

너무 많은 사람이 왕부에 우글거리면 남들 이목에 잘 띄기 때문에 두 문파의 다른 제자들은 용군단 북경지단에 분산해서 지내고 있다.

혈명살수 백오십 명이라면 우령진인과 적하신니가 오래 버티지 못할 것이라는 생각을 하자 화용군의 마음은 급하기만 하다.

쾅차차차창!

"크악!"

"흐윽!"

금룡왕부는 요란한 무기 부딪치는 소리와 애절한 비명 소리로 가득했다.

이곳은 열다섯 채의 각종 크고 작은 전각과 누각 등으로 이루어져 있으며, 한밤중의 싸움은 왕부 한복판에 위치한 금룡왕의 거처 금룡각 내부와 마당, 그리고 주위에서 벌어지고 있었다.

화용군이 도착했을 때 금룡각 안팎에는 시체들이 즐비하게 널려 있고 대전 입구를 가로막고 있는 무당파와 아미파 제자 십여 명이 대전으로 진입하려는 혈명살수 사십여 명을 상대로 악전고투를 벌이고 있는 중이다.

쾅차차차차창—

혈명살수 사십여 명을 상대하는 것이라서 무당과 아미 제자 몇 명은 이미 몸 여러 군데에 상처를 입었는 데도 불구하고 물러서지 않고 결사적으로 수중의 검을 휘두르고 있다.

그렇지만 화용군이 보기에 다섯 호흡 안에 방어벽이 무너질 것처럼 위태로웠다.

금룡왕부 내의 전각 지붕 위를 달려가던 화용군은 곧장 금룡각 대전 입구를 향해 비스듬히 쏘아 내렸다.

쉬이이—

무당과 아미 제자들도, 혈명살수들도 화용군의 출현을 전혀 눈치채지 못했다.

화용군은 혈명살수들의 배후로 내리꽂히면서 공력을 끌어올려 야차도에 주입했다.

그냥 야차도를 뻗기만 하면 도기가 발출될 텐데 오랜 습관이 굳어서 역천심법을 운공하여 공력을 끌어 올렸다.

그러다가 구태여 그럴 필요가 없다는 사실을 깨닫고 공력을 거두면서 금강명해 수법으로 야차도를 그었다.

그런데 그때 그의 체내에서 뭔가 뒤엉키는 느낌이 들었다. 가슴이 뜨끔! 하더니 오장육부를 뜨거운 물에 담근 것처럼 화끈했다.

"……!"

그 순간 그는 뭔가 잘못됐다는 사실을 깨달았다. 역천심법으로 공력을 끌어 올려 야차도에 주입했다가 급히 멈추고는 금강명해로 야차도를 뺏는 과정에서 무언가 잘못된 것이 틀림없는 것 같다.

역천심법과 금강명해가 서로 충돌했을 가능성이 크다. 이런 경우는 한 번도 없었다.

투하아아—

그런데 그의 오른손에 쥐어져 있던 야차도가 느닷없이 손을 벗어나는가 싶더니 전면을 향해 번갯불처럼 쏘아가는 것이 아닌가.

예전에 그는 야차도 도파의 고리에 강사를 묶어서 사용했으나 얼마 전부터는 구태여 그럴 필요가 없어서 강사를 해체해 버렸다.

그렇기 때문에 지금처럼 야차도가 손에서 벗어나면 회수할 방법이 없는 것이다.

화용군의 손에서 벗어난 야차도는 붉고 푸른 은은한 광채에 휩싸인 상태로 그의 손짓에 따라서 대전 입구의 왼쪽에서 오른쪽 수평으로 길게 그어졌다.

파아아아—

"끄윽!"

"커윽!"

단 일도에 바깥쪽에서 등을 보인 채 공격하던 혈명살수 열두 명이 목이나 몸통이 가로로 통째 잘라졌다.

그것은 평소 화용군이 전개했던 위력보다 두 배 가까이 고강한 것이다.

열두 명의 일도양단된 몸뚱이가 우당탕 바닥에 나뒹굴자 싸움이 일시에 멈추었다.

화용군은 쏘아 내리던 속도에 의해 돌계단 위에 가볍게 내려서며 야차도를 찾아보았다.

왼쪽에서 오른쪽 수평으로 그어 간 궤적을 좇아 재빨리 시선을 던지며 두리번거렸으나 어디에서도 야차도는 보이지 않았다.

그때 혈명살수들이 일제히 몸을 돌려 그를 향해 합공을 퍼부었다.

쐐애애액!

살수들은 원래 독단적으로 살행을 하며 많아봐야 두세 명이, 그것도 각기 다른 분야를 합작하는 정도라서 이런 식의 합공은 익숙하지 않다.

그러나 혈명살수들의 공격은 일장일단이 있었다. 합공을 할 줄 모르는 대신에 각자의 공격 하나하나가 급소만을 정확하게 노리는 살초라는 장점이 있다.

그리고 살수 특유의 공격일변도라서 공수(攻守)가 분리되지 않았으며 비슷한 식의 공격과 같은 급소를 노린다는 단점이 있다.

어쨌든 화용군은 수중에 야차도가 없기 때문에 조금 당황했지만 이미 물러설 수 없는 상황이라서 맨손으로 싸우기 위해 몸을 웅크리며 양손에 공력을 주입했다.

야차도를 쥐고 싸울 때와 적수공권 맨손일 경우는 자세부터 사뭇 다르다.

야차도일 때는 상대를 먼저 벨 자신이 있기 때문에 피하거나 물러설 생각조차 하지 않았다.

그렇지만 맨손, 육장(肉掌)이라는 것은 여차 실수를 해도 도검에 베이거나 잘라지고 말기 때문에 극도로 조심하지 않으면 안 된다.

그렇기 때문에 맨손싸움을 할 때 빠른 눈으로 공수를 전환하면서 피하거나 물러서는 것은 기본이다.

쉬아아악!

쐐쐐애액!

십여 자루의 검이 화용군의 머리와 가슴, 복부를 노리고 여러 방향에서 맹렬히 찌르고 베어왔다.

화용군은 뒤로 두 걸음 재빨리 물러나는 동시에 상체를 이리저리 흔들어서 검을 피하며 가장 가깝게 접근한 혈명살수 두 명을 향해 양쪽 주먹을 날렸다.

투아앗—

그런데 그는 두 주먹이 마치 뜨거운 물에 집어넣은 것처럼 화끈한 것과 동시에 흡사 두 손에 야차도가 쥐어져 있고 그것을 휘두르고 있는 듯한 착각을 느꼈다.

뿐만 아니라 그의 양손에서 흐릿한 광채가 번뜩이며 발출되었으며, 그것은 그가 야차도로 공격을 전개했을 때와 비슷한 광경, 아니, 그보다 더욱 강력했다.

스파아앗—

"끅!"

"컥!"

그런데 그가 주먹으로 때리려고 했던 혈명살수 두 명은 물론이고 그 좌우에 있던 혈명살수들까지 한꺼번에 다섯 명이 쥐어짜듯 답답한 신음을 흘리면서 무너졌다.

"······."

화용군은 순간적으로 멍한 얼굴이 되었다. 그는 자신의 앞에서 허리와 몸통이 잘려서 우르르 쓰러지는 다섯 명의 혈명살수와 야차도는커녕 아무것도 없는 자신의 두 손을 번갈아 쳐다보았다.

'이건 뭐지?

방금 그는 단지 육장인 맨손을 휘둘렀는데 죽어 자빠진 혈명살수 다섯 명은 야차도에 베인 것과 똑같은 모습이다. 이건 무엇을 말하는 것인가.

그리고 양손을 휘둘렀을 때 야차도에서 도기가 뿜어지는 것 같은 광경을 목격했었다.

'야차도!'

순간 그는 정신이 번쩍 들어 속으로 외쳤다. 무슨 영문인지는 모르겠지만, 야차도는 사라진 것이 아니라 그의 몸속에 있는 것 같았다. 그래서 맨손을 휘두를 때마다 야차도가 발출되는 것이다.

그때 또 다른 혈명살수들의 공격이 이어졌다. 대전 입구를 공격했던 나머지 혈명살수들이 모조리 화용군을 향해 득달같이 덮쳐들며 맹공을 퍼부었다.

쏴아아악!

혈명살수들의 수십 자루 검이 도달하기도 전에 거센 검풍이 몰아쳤다. 거기에 슬쩍 스치기만 해도 뼈와 살이 난도질당할 것이다.

화용군은 야차도가 자신의 체내에 있으며 그것이 양손을 통해서 발출되는 것이라고 추측은 하지만 아직 확실한 것은 아니라서 매우 조심스러웠다.

만약 그의 추측이 맞다면 구태여 가까운 거리에서 싸울 이유가 없다는 생각에 훌쩍 뒤로 물러나면서 빠르게 양손을 교차하여 휘둘렀다.

휘우웅―

한겨울 북풍한설이 휘몰아치는 듯한 음향이 허공을 울리는가 싶더니 그의 양손에서 반투명한 광채가 섬전처럼 뿜어지는데 그 모양과 발출되는 도기가 틀림없는 야차도와 그것의 발현이다.

그는 양손을 가운데로 모았다가 각기 양쪽으로 뿌리치듯 활짝 벌렸으므로 두 줄기 도기가 부챗살처럼 확 뿜어져서 쇄도하는 혈명살수들을 가차 없이 그어버렸다.

파바아아아─

"끄윽!"

"캑!"

쥐어짜는 듯 고통에 가득 찬 신음 소리가 한꺼번에 터져 나오면서 쇄도하던 혈명살수 십여 명이 달려오던 기세에 우르르 쏟아지듯 몸이 일도양단되어 엎어졌다.

어떻게 된 영문인지는 모르지만 화용군은 야차도가 자신의 몸속에 있으며 팔을 휘두르면 몸 밖으로 튀어나와 도기를 뿜어낸다는 사실을 확인했다.

후아악─

그는 한 번 더 양팔을 휘둘러서 다시 다섯 명의 혈명살수를 거꾸러뜨렸다.

대전 입구의 혈명살수가 대여섯 명밖에 남지 않았을 때 그는 그곳에 있는 무당 제자에게 물었다.

"전하는 어디에 계시오?"

"안채에서 사부님과 적하신니께서 보호하고 계십니다!"

무당 제자의 대답이 끝나기도 전에 화용군은 벌써 대전 안으로 쏘아 들어가고 있었다.

제68장

혈풍전야(血風前夜)

차차차창!

"흐억!"

"우왁!"

대전 안에서부터 긴 복도까지 무당과 아미 제자들이 혈명살수들을 맞이해서 치열한 싸움을 벌이고 있으며 무기끼리 부딪치는 소리와 목구멍이 찢어지는 듯한 비명 소리가 실내에 가득했다.

쉬이익—

화용군은 대전을 가로질러 쏘아가면서 혈명살수들만을 골

라서 양팔을 뻗었다.

후우우— 후우웅!

허공을 진동시키는 은은한 음향과 함께 그의 두 손에서 일직선의 두 줄기 도기가 뿜어졌다.

아니, 그것은 이제 도기라고 하기보다는 강기라고 불러야 할 만큼 강력한 것이다.

퍼퍽!

"허윽!"

"끅!"

화용군은 혈명살수들을 무차별 거꾸러뜨리면서 종횡무진 대전을 가로질러 복도를 질주했다.

무당, 아미 제자들과 혈명살수들이 뒤섞여 있기 때문에 화용군으로서는 마구잡이로 공격을 가할 수가 없다.

이런 상황에서 베는 공격을 했다가 자칫 무당, 아미 제자들을 다치게 할지도 모르기에 찌르는 공격으로 한 번에 두 명씩만 연속적으로 죽였다.

또한 대전과 복도에서 무당, 아미 제자들이 칠 대 삼의 압도적인 수의 열세에 처해서 싸우고 있기 때문에 그들을 내버려두고 무작정 금룡왕에게 달려갈 수 없는 입장이다.

그랬다가는 금룡왕을 구하는 동안 무당, 아미 제자들이 많이 죽거나 부상을 당할 것이다.

화용군은 금룡왕의 안위 때문에 마음이 급하기는 하지만 서두르지 않고 혈명살수들을 한 번에 두 명씩 차근차근 죽여 나갔다.

후욱! 후우웅!

퍽! 퍽!

그가 내달리는 곳마다 흐릿한 광채가 번쩍이며 뿜어졌고, 그 즉시 여기저기에서 혈명살수들이 애처로운 비명을 지르며 거꾸러졌다.

"화 도우! 여기서 이러지 말고 어서 사백께 가보십시오! 그쪽이 위험합니다!"

화용군이 복도에서 종횡무진하고 있는데 방금 쓰러진 혈명살수 너머의 무당 제자 한 명이 다급하게 외쳤다. 얼핏 보니까 그는 무당팔검 중 한 명인 것 같았다.

무당 제자의 말이 끝나기도 전에 화용군은 위로 둥실 몸을 솟구쳤다가 복도 천장에 달라붙다시피 한 모습으로 빠르게 쏘아갔다.

금룡왕 거처는 대여섯 개의 침실과 접객실, 거실 등이 한 공간 안에 모여 있으며 거기에서 금룡왕 부부와 아들과 딸 부부, 손주들이 함께 생활하고 있다.

원래 그랬던 것이 아니고 남천왕의 암살 위험이 커지고 나서부터 금룡왕의 거처에 모두 모여서 공동생활을 하기 시작했었다. 그렇게 해야지만 호위하기가 수월하기 때문이다.

그곳으로 들어가는 입구는 서로 반대편에 두 군데지만 창이 여러 개라서 혈명살수들이 진입하는 데는 어려움이 없었던 것 같다.

무당 제자의 말이 맞았다. 대전과 복도에서 열세에 처한 무당, 아미 제자들을 돕는답시고 그곳에서 지체했던 것은 화용군의 실수였다.

이곳의 상황은 최악으로 달려가고 있는 중이다. 어쩌면 그가 달려온 것이 늦었는지도 모른다.

금룡왕 직계가족은 모두 열세 명이다. 그런데 그들이 한곳에 모여 있지 않고 여러 곳에 흩어져 있는 상황이다. 혈명살수들이 한꺼번에 들이닥쳤기 때문이다.

차차차차창—

원래 이곳에서는 우령진인과 적하신니가 무당팔검과 아미칠검(峨嵋七劍)을 데리고 금룡왕 부부를 비롯한 직계가족을 호위하고 있었다.

그러니까 현재 우령진인과 적하신니를 비롯한 십칠 명이 혈명살수들과 싸우고 있는 중이다.

휘익!

화용군이 박살 나 있는 문 안으로 들어서자 얼마 떨어지지 않은 곳에서 혈명살수 이십여 명이 누군가를 포위한 상태로 맹공격을 퍼붓는 광경이 보였다.

후우욱!

화용군은 빠르게 쏘아가는 기세로 즉시 오른손을 뻗어 좌에서 우로 그었다.

파아아!

"커흑!"

"흑!"

무방비 상태로 등을 보인 채 싸움에 열중하고 있던 혈명살수들은 화용군의 일격에 한꺼번에 네 명이 등이 잘라지며 와르르 쓰러졌다.

난데없이 배후 급습을 당한 혈명살수들의 포위지세가 크게 흔들릴 때 화용군의 두 번째 공격이 뿜어지며 다시 세 명이 거꾸러졌다.

그리고 혈명살수들이 급습을 알아차리고 화용군을 향해 공격 자세를 취하려는 즈음에 화용군의 세 번째 공격에 다섯 명의 허리가 뭉텅 잘라졌다.

혈명살수들은 눈 한 번 깜빡이는 사이에 열두 명을 잃었지만 전의를 상실하거나 두려운 표정 따윈 짓지 않았다. 다만 평소의 냉철한 살수답게 화용군을 향해 전력으로 공격을 전개했다.

부악!

화용군은 두 번 오른손을 그어서 나머지 혈명살수들을 모조리 죽인 후에 옆방으로 쏘아갔다.

금룡왕의 젊은 손자와 그의 부인, 그리고 갓난아기 증손자를 보호하고 있던 네 명의 무당, 아미 제자들은 헐떡이면서 비틀거렸지만 얼굴에는 안도의 표정이 떠올랐다.

그들 네 명은 몸 여러 군데에 상처를 입었으며 만약 이대로 열 호흡만 지났다면 모두 혈명살수들에 의해서 시체로 변했을 것이다.

화용군은 금룡왕에게 가는 길목에서 또다시 혈명살수 십오 명을 죽이고 금룡왕 아들내외와 딸 부부, 그리고 다섯 명의 무당, 아미 제자들을 구해주었다.

금룡왕 부부는 우령진인과 적하신니, 그리고 일검 현영, 사검 청영 네 명이 호위한 채 사력을 다해 싸움을 벌이고 있는 중이었다.

그렇지만 그곳에 혈명살수가 가장 많았다. 꽤 넓은 실내지만 무려 오십여 명이 겹겹이 포위지세를 형성한 상태에서 안쪽의 우령진인 등 네 명에게 맹공을 퍼붓고 있어서 발 디딜 틈 없이 복잡했다.

우령진인과 적하신니는 자신들 두 명이 금룡왕 부부를 지키고 있으면 남천왕 휘하의 어떤 적들이 공격이나 급습을 하더라도 끄떡없을 것이라고 자신했었다.

그렇지만 두 사람은 살수, 그것도 무림최고라는 혈명살수들의 수법에 대해서는 전혀 몰랐으며 더구나 그들의 합공은 상상하는 것 이상의 위력이라서 고전을 면치 못하고 있는 중이었다.

화용군은 혈명살수들과 여러 차례 싸워봤기 때문에 그들을 수월하게 상대할 수 있다.

싸움이 시작된 이후 우령진인과 적하신니 등 네 명은 아홉 명의 혈명살수를 죽이거나 부상을 입혔다.

그렇지만 혈명살수들은 조금도 물러서지 않고 시간이 흐를수록 점점 더 격렬한 공격을 퍼부었으며, 물론 우령진인과 적하신니는 공력이 많이 허비되는 정도에 그쳤으나 현영과 청영은 각각 두 군데와 세 군데 가볍지 않은 상처를 입은 상태에서 고전 중이었다.

우령진인 등 네 명은 네 방향, 즉 사방에서 혈명살수들을 방어하고 있으나 부상을 당한 현영과 청영이 자꾸만 밀리고 있으므로 우령진인과 적하신니가 조금 더 넓은 방위를 담당하고 있었다.

쐐애액!

혈명살수들의 수십 자루 검이 소나기처럼 쏟아지고 있는

가운데 상처에서 피를 흘리고 있는 현영과 청영은 이를 악물고 수중의 검을 휘둘러 공격을 막았다.

차차차창! 채채챙!

피하면 뒤쪽 금룡왕 부부가 당하기 때문에 피하지 못하고 모조리 막아서 쳐내야만 하는 상황이다.

금룡왕 부부는 바닥에 앉은 채 서로 끌어안고 잔뜩 몸을 웅송그리고 있다.

키이잉!

힘겹게 쏟아지는 검들을 쳐냈으나 미처 막지 못한 한 자루 검이 자신의 목을 향해 비스듬히 무서운 속도로 그어 내리자 청영의 얼굴색이 하얗게 질렸다. 지금 상황에서는 도저히 막을 방법이 없었다.

땅!

목이 잘릴 수밖에 없는 절체절명의 순간 옆에 있던 적하신니가 검을 떨쳐서 청영의 목에 막 닿으려는 혈명살수의 검을 쳐냈다.

그로 인해서 청영은 구사일생 목숨을 건지고 공세로 전환했으나 그를 구하느라 싸움의 균형이 깨진 적하신니는 위험에 처하게 되었다.

청영이 위기에 처한 광경이 적하신니의 눈에 띈 것이 청영에겐 행운이었으나 적하신니 자신에겐 불행으로 작용하고 말왔다.

"우웃!"

카차차창!

적하신니는 허리를 비틀고 허리를 뒤로 젖힌 불안정한 자세로 자신에게 쏟아지는 네 자루의 검을 힘겹게 쳐내고는 쓰러질 듯 비틀거렸다.

그렇지만 그녀가 자세를 바로잡기도 전에 이번에는 여섯 자루 검이 그녀의 온몸으로 찌르고 베어왔다. 말 그대로 점입가경이다.

쌔쌔애액!

작은 위험을 가까스로 극복하니까 조금 더 큰 위험이 몰아쳤다.

그녀가 이번 위험을 모면하려면 바닥에 몸을 던져서 굴러야 하는데 그러면 그다음에는 도저히 당하지 못할 최대 위기가 들이닥칠 것이다.

그렇지만 그보다 더 큰 문제는, 그녀가 바닥에 구르면 그녀는 목숨을 건질 수 있을지 모르지만 금룡왕 부부가 고스란히 위험에 노출되고 말 것이다.

적하신니 얼굴 가득 다급하고 절망적인 표정이 떠올랐으며 생애 최초로 죽음의 그림자가 짙게 드리워졌다.

휘잇―

허공으로 몸을 날린 화용군은 기우뚱한 자세인 적하신니 위쪽에서 그녀를 공격하고 있는 혈명살수들을 향해 오른팔을 북 그어댔다.

후우웅—

혈명살수들은 자신들의 머리 위에 화용군이 나타났다는 사실을 전혀 모르고 있었기 때문에 갑자기 머리 위에서 터지는 묵직한 기음에 움찔 놀라 위를 쳐다보았다.

파아아앗—

"커윽!"

"큭!"

혈명살수 다섯 명이 위를 올려보다가 얼굴이 잘라지며 촤악! 피를 뿌렸다.

슛—

화용군은 천근추의 수법으로 뚝 떨어져 내려서 쓰러지려는 적하신니의 허리를 왼팔로 슬쩍 안으면서 주위의 혈명살수들을 향해 오른팔을 그었다.

후우우욱!

"끄헉!"

"큭!"

그것으로 적하신니를 상대하던 혈명살수들이 모조리 몸이 양단되어 핏물 속에 쓰러졌다.

"신니, 괜찮으십니까?"

"아……."

화용군은 적하신니의 감은 허리를 바짝 끌어당겨 일으켜 주며 물었다.

불문의 고승인 적하신니는 현재 사십오 세이지만 겉모습은 삼십 대 중반으로 보인다.

또한 그녀는 검고 긴 머리를 뒤에서 가지런히 묶었기에 승복만 입지 않았다면 세간의 아름다운 미부(美婦) 정도로 여겨질 모습이다.

그녀는 자신보다 머리가 하나하고도 절반은 더 키가 크고 건장한 화용군이 가느다란 허리에 팔을 감고 잡아당기는 바람에 하체가 그의 허벅지 바깥쪽에 밀착되어 크게 당황하여 얼굴이 확 붉어졌다.

화용군은 그녀가 대답이 없자 오른손으로는 다시 쇄도하는 혈영살수들을 향해서 강기를 발출하며 그녀를 보며 재차 물었다.

"다치셨습니까?"

옆에서 싸우고 있는 우령진인이 화용군과 적하신니를 힐끗 쳐다보더니 웃으면서 꾸짖었다.

"인석아, 신니 허리를 놔드려라!"

"아… 그렇습니까?"

슥—

"앗!"

하체가 화용군과 밀착되고 상체는 뒤로 젖혀진 자세였던 적하신니는 그가 깜짝 놀라며 허리를 놓자 그대로 뒤로 자빠졌다.

화용군은 움찔 놀라 급히 손을 뻗었으나 오른손으로 강기를 전개하고 있는 중이므로 왼손이 적하신니에게 닿지 않았다.

스웃—

그런데 순간 그의 왼손에서 부드러운 무형지기가 발출되어 적하신니를 움켜잡았다.

"앗!"

화용군에게 붙잡힌 적하신니가 뾰족한 비명을 질렀고, 그녀는 확! 당겨져서 그의 품에 안겼다.

"아······."

적하신니는 화용군의 품에 안겨서 눈물을 찔끔거렸다.

화용군은 그녀를 안고 나서야 자신이 왼손으로 그녀의 풍만한 젖가슴을 거세게 움켜잡고 있다는 사실을 깨닫고 적잖이 당황했다.

그가 직접 그녀의 젖가슴을 잡은 게 아니라 순간적으로 접인신공이 발휘되어 급한 대로 젖가슴을 움켜잡았던 것이라서 그의 잘못이라고 할 수도 없는 상황이다.

"신니……."

[아무 말도 하지 말아요. 그리고 어서 가슴을 놔주세요.]

화용군이 뭐라고 말하려 하자 적하신니가 몸을 더욱 밀착시키면서 다급히 전음을 보냈다.

그녀는 화용군의 왼손이 자신의 젖가슴을 움켜잡고 있는 광경을 누가 볼까 봐 그에게 상체를 밀착시켰지만 부끄러움과 수치심 때문에 질식할 것만 같았다.

[아… 죄송…….]

당황한 그는 잡고 있던 젖가슴을 얼른 놓고 한 걸음 물러섰다. 왼손에 남아 있는 악력의 감촉으로 미루어 힘껏 움켜잡았던 것 같은데 적하신니의 가슴이 무사할지 조금 염려가 되었다.

"뭘 하는 거냐? 죽고 싶지 않으면 정신 차려라!"

그때 우령진인이 버럭 고함을 질러서 화용군은 번쩍 정신을 차렸다.

쐐애애액!

그와 적하신니를 향해 십여 자루 검이 쏟아지고 있으며 적하신니는 아직 놀란 감정이 평정되지 않았는지 얼굴에 다급한 표정이 떠올랐다.

이건 순전히 화용군 때문이다. 그가 그런 실수를 하지 않았으면 이런 일이 벌어졌을 리가 없다.

그는 즉시 적하신니를 등지고 혈명살수들을 향해 양팔을 맹렬하게 휘둘렀다.

꺼쩌쩌쩌쩡ㅡ 파아악ㅡ

그의 양손에서 발출된 두 줄기 강기가 혈명살수들이 그어 오는 검들을 모조리 잘라 버리는 것으로도 모자라서 그들의 몸통마저 썩둑썩둑 잘라 버렸다.

그런데 그가 검도 지니지 않은 상태에서 양손으로 흐릿한 광채를 발출하여 혈명살수들의 검과 몸뚱이를 수수깡처럼 자르는 것을 우령진인 등은 이제야 처음 보고는 소스라치게 놀랐다.

"용군, 너 지금 뭘 전개하는 것이냐?"

"저도 모릅니다!"

후위이잉!

화용군은 적하신니 쪽으로 공격하는 혈명살수들을 향해 강기를 발출하며 외쳤다.

적하신니는 그제야 정신을 수습하고 적들을 상대하기 시작했다.

화용군이 금룡왕부에 도착하고 나서 반 시진이 지나서야 싸움이 끝났다.

정확하게 백오십육 명의 혈명살수는 한 명도 남김없이 죽었으며 무당파와 아미파의 제자는 열네 명이 죽었고 절반 이상이 부상을 입었다.

　당연한 얘기지만 화용군이 아니었으면 금룡왕 일족을 비롯하여 우령진인과 적하신니 이하 무당, 아미 제자들 모두 몰살을 당하거나 그와 비슷한 처지를 당했을 것이다.

　화용군이 선두에서 금룡왕의 손자를 안고 밤거리를 쏘아가고 있으며, 그 뒤를 우령진인과 적하신니, 무당팔검, 아미칠검이 금룡왕 일족들을 일일이 업거나 안은 상태에서 따르고 있고, 나머지 무당, 아미 제자들이 주변을 경계하면서 뒤따르고 있었다.

　무당과 아미 제자들은 동료들의 시체를 안고 또는 부상자들을 부축하고 있는 광경이다.

　"용군아, 어디로 가는 것이냐?"

　우령진인이 선두에서 안내를 하고 있는 화용군 오른쪽으로 나란히 달리면서 물었다.

　"대풍보로 갑니다."

　"얘긴 해놨느냐?"

　"대풍보주가 동쪽 성 밖에서 기다리고 있을 겁니다."

　금룡왕의 아들을 업고 있는 우령진인은 화용군의 말을 듣고 안도하는 표정을 지었다.

금룡왕의 며느리를 업고 있는 적하신니는 화용군의 왼쪽으로 나와서 나란히 묵묵히 달리기만 했다.

적하신니는 가끔씩 화용군의 옆얼굴을 쳐다보면서 새초롬한 표정을 지었다. 그녀는 아직까지도 그에게 움켜잡혔던 젖가슴이 욱신거렸다.

화용군은 날카로운 눈빛으로 좌우를 둘러보다가 성벽 쪽으로 뻗은 거리로 방향을 꺾은 후에 안고 있던 손자를 뒤따르는 현영에게 맡기고 슬쩍 뒤로 빠지면서 우령진인에게 전음을 보냈다.

[추격자가 있는지 살펴보겠습니다.]

금룡왕 일족을 모두 이끌고 금룡왕부를 나설 때 화용군이 직접 주변을 한 번 둘러봤지만 추격자나 감시자는 한 명도 보이지 않았었다.

조금 이상한 생각이 들었지만 금룡왕 일족을 피신시키는 것이 급선무라서 서둘러 금룡왕부를 떠났으나 시간이 지날수록 화용군은 마음이 자꾸만 켕겼다.

아무리 곰곰이 생각을 해봐도 남천왕이 금룡왕 일족을 암살하라고 혈명살수 백오십 명만 달랑 보냈을 리가 없을 것 같다는 생각이 들었다.

차후 조치가 없다는 것이 왠지 미심쩍었다. 남천왕은 절대 그럴 위인이 아니다.

화용군은 무리 후미 쪽으로 완전히 벗어났다가 멀어지는 그들을 잠시 바라보고는 몸을 돌려 반대 방향으로 경공을 전개해서 달렸다.

누가 보면 그가 무리와 헤어져서 제 갈 길로 가는 것이라고 생각할 터이다.

미행자가 있다면 무리에서 떨어져 나가는 화용군을 따라올 수도 있고 아닐 수도 있다.

그러니까 일단 무리에서 멀리 벗어나 따라오는 자의 유무를 확인하는 것이 첫 번째고, 따라오는 자가 없다면 귀신처럼 무리로 다시 돌아가서 멀찍이에서 미행자가 있는지 없는지 확인할 생각이다.

휘이익—

그는 너무 빨리 달리지 않으면서 청력을 돋우어 주위의 기척을 감지하면서 미행이 있을지도 모르는 방향을 크게 원을 그리며 돌았다.

역시 아무것도 감지되지 않았다. 그럴 거라고 예상했기 때문에 이제 슬슬 무리로 돌아가야겠다고 마음먹고 번쩍 수직으로 신형을 쏘아 올렸다.

슈웃!

그는 지상에서 칠 장 높이 허공으로 찰나지간에 솟구쳤다가 무리가 있는 쪽으로 방향을 틀었다.

그 순간 그는 오른쪽 십여 장 거리의 어느 전각 지붕 너머로 하나의 검은 물체가 쑥 가라앉듯이 사라지는 모습을 착각처럼 발견했다.

화용군은 그것이 무엇인지 정확하게 못 봤다. 밤새일 수도 있고 고양이 같은 밤 짐승일지도 모른다.

그렇다고 그냥 넘어갈 수는 없어서 그쪽으로 재빨리 신형을 날려 쏘아갔다.

밤새나 고양이라면, 아니, 절정고수라고 해도 그의 속도보다는 느릴 테니까 무엇인지 확인할 수 있을 것이다.

사앗—

그는 추호의 기척도 없이 밤하늘을 가로질러 포물선을 그으며 목표로 삼았던 전각의 지붕을 넘어갔다.

'없다!'

그가 그처럼 빠른 속도로 쏘아왔는데 건너편 지붕에는 아무것도 없었다.

밤새가 푸득이면서 날아오르지도, 고양이가 도망치지도 않았으며 사람의 모습은 더더욱 보이지 않았다. 그렇다면 이것은 사람, 그것도 절정고수일 가능성이 크다. 그가 잘못 봤을 리는 없다.

스읏—

화용군은 더 생각해 볼 것도 없다는 듯 전각 아래로 쏘아

내리며 재빨리 주위를 둘러보았다.

뭔가 있다가 사라졌다면 지붕 아래쪽뿐이다. 위로 솟구쳤다면 그의 눈에 띄었을 것이다.

'있다!'

이곳은 어느 장원 안인데 하나의 인영이 정원을 가로질러 옆의 전각 모퉁이를 향해 달려가고 있으며, 그 속도가 너무 빨라서 화용군으로서는 유진의 심복 수하인 북월 이후에 두 번째로 보는 경공의 최고수다.

타앗!

미행자가 어느 방향으로 달리고 있는지 알았으니까 그는 허공으로 솟구쳐서 높은 곳에서 전각을 날아 넘으면서 아래를 굽어보았다.

과연 검은 인영은 전각 모퉁이를 돌아서 장원의 담을 가볍게 훌쩍 넘고 있었다.

투웃!

전각 위의 화용군은 담 위로 솟구친 검은 인영을 향해 오른팔을 뻗어 한 줄기 강기를 발출했다.

검은 인영은 등 뒤에서 무슨 소리가 나자 위쪽을 돌아보고는 멈칫하는가 싶더니 급격하게 왼쪽으로 방향을 틀어 쏘아갔다.

쾅!

검은 인영은 화용군의 강기를 어렵사리 피했다. 그의 움직임이 강기보다 빠르기 때문이 아니라 순간적으로 방향을 꺾었기에 피할 수가 있었다. 사람이 아무리 빨라도 강기보다 빠를 수는 없다.

후우… 후우웅—

화용군은 허공에서 추격하며 아래쪽의 검은 인영에게 연속 두 번 강기를 발출했다.

하나는 검은 인영을 향해서, 또 하나는 검은 인영이 피할 방향을 미리 계산해서 쏘아냈다.

검은 인영은 왼쪽이나 오른쪽, 아니면 멈췄다가 뒤로 갈 수도 있다.

하지만 첫 번째 강기는 검은 인영의 오른쪽 어깨를 겨냥했으므로 부지중 왼쪽으로 방향을 꺾을 것이다.

그러면 왼쪽으로 쏘아낸 두 번째 강기를 피하지 못할 터이다. 게다가 왼쪽에는 어두운 골목이 있으니까 본능적으로 그리 달려가려는 경향도 있을 것이다.

팍!

과연 검은 인영은 이번에도 아슬아슬하게 첫 번째 강기를 피했다. 강기는 땅에 맞아서 흙이 튀었다.

강기를 두 번씩이나 피하다니, 화용군은 검은 인영이 대단한 고수라는 생각이 들었다.

팟!

"흑!"

그렇지만 검은 인영은 미처 두 번째 강기를 피하지는 못하고 왼쪽 어깨 윗부분에 맞았다.

검은 인영은 화용군이 강기를 전개할 정도이며, 그것도 연달아 두 개나 발출할 정도로 초절고수라는 사실을 전혀 예상하지 못했다가 낭패를 당했다.

검은 인영은 골목 입구에서 강기에 맞아 주춤거렸다. 어깨에 정확하게 맞은 것이 아니라 어깨 위쪽을 스쳐 맞았기에 옷이 찢어지고 피가 흘렀다.

검은 인영은 잠시 주춤했지만 화용군이 그를 따라잡기는 충분한 시간이다.

검은 인영이 다시 움직여 골목 안으로 달려 들어가려고 할 때 화용군은 허공에서 공중제비를 돌며 그의 앞으로 내려서며 세 번째 강기를 정면에서 뿜어냈다.

검은 인영은 다름 아닌 남천왕의 제자 사무열이었다. 그는 금룡왕부를 급습하는 혈명살수들을 지켜보라는 남천왕의 명령을 수행하는 중이었다.

남천왕은 전설의 천하제일인 태을진인의 제자이고 사무열은 사손이므로 그가 얼마나 고강할지는 일일이 설명하지 않아도 될 터이다.

그렇지만 그가 오늘 밤에 마주친 사람은 화용군이고 더구나 매우 불리한 상황에 직면했다.

후우웅!

사무열이 화용군을 미행하던 중에 그에게 발각되어 지붕 아래로 숨었다가 또 도망친 시간은 길어야 두 호흡을 넘지 않았다.

그 두 호흡 동안 사무열은 평생 한 번도 경험해 보지 못한 천당과 지옥을 오락가락하고 있는 중이다.

"으헛!"

그는 자신의 머리 위에서 공중제비를 돌면서 전방으로 내려서며 발출한 화용군의 강기가 얼굴 정면 석 자까지 쏘아오자 식겁해서 안색이 하얗게 변했다.

화용군 정도의 절정고수라고 해도 일대일로 정정당당하게 겨룬다면 최소한 그를 백 초 안에는 죽일 수 있을 것이라고 자신하는 사무열이지만 도주하던 중에 급습을 당하는 터라 그야말로 속수무책이다.

앞으로 달려가던 그는 급히 상체를 뒤통수가 땅에 닿을 정도로 젖혔다.

파아아!

강기가 그의 가슴을 훑고 또 코끝을 스치며 아슬아슬하게 지나갔다.

그는 허리를 뒤로 젖힌 자세에서 뒤꿈치를 축으로 삼아 빙글 반원을 그리며 어깨의 검을 뽑는 것과 동시에 화용군의 허리를 베어갔다.

키이잇!

방어를 반격으로 삼는 놀라운 임기응변. 더구나 그의 동작은 번개처럼 빨랐으며, 검에서는 반월(半月)을 닮은 검기가 희뿌옇게 뿜어졌다.

사아아—

그렇지만 그의 회심의 일검은 보기 좋게 허공을 그었다.

화용군은 골목의 벽을 딛고 옆으로 비스듬히 누운 자세로 사무열의 허리를 일도양단 그어 내렸다.

부아악!

"허엇!"

사무열은 상대가 자신의 생각보다 훨씬 더 고강하다는 사실을 깨닫고 최악의 방어책, 즉 허리를 뒤로 젖힌 자세에서 그대로 바닥에 누워 버리면서 벽 쪽으로 몸을 굴리며 화용군을 향해 검을 뻗었다.

츄웅!

절체절명의 순간에도 어떻게 하든지 반격을 하고야 마는 사무열이다.

반격이야말로 최선의 방어이기 때문이다. 그것만으로도

남천왕의 제자다웠다.

탓!

화용군은 발끝으로 벽을 박차고 맞은편 벽으로 날아가면서 상체를 비틀어 사무열에게 오른팔을 그었다.

휴우웅—

땅을 차고 솟구치며 검을 찌르던 사무열은 중도에서 검의 방향을 바꾸어 허공중에 떠 있는 화용군을 향해 검을 그어 검기를 쏘아냈다.

쉐앵!

그 순간 사무열은 자신을 향해 붉고 푸른 흐릿한 빛줄기가 가로 수평으로 그어오는 것을 발견하고 다급히 땅으로 몸을 던졌다.

그러면서도 화용군을 향해서 재차 검기를 쏘아내는 것을 잊지 않았다.

파악!

파아—

"커흑!"

"웃!"

두 개의 흐릿한 파공음과 두 마디 신음이 동시에 터졌다.

화용군은 상체를 비틀다가 왼쪽 어깨 바깥쪽을 손가락 두 마디 길이로 가볍게 베였다.

반면에 사무열은 최대한 빠른 속도로 땅을 향해 몸을 던졌는 데도 불구하고 왼팔이 팔꿈치 부위에서 깨끗하게 잘라지고 말았다.

　툭……

　잘라진 그의 팔이 땅에 나뒹굴었다.

　화용군이 사무열을 향해 재차 오른팔을 뻗으려고 할 때 그는 골목 안쪽으로 빛처럼 빠르게 도망쳤다.

　투웃!

　화용군은 멀어지는 사무열을 향해 재빨리 오른손을 뻗어 강기를 뿜었다.

　골목 막다른 곳에서 몸을 솟구치려던 사무열의 등 한복판에 강기가 적중했다.

　픽!

　"큭!"

　그러나 그는 그대로 막다른 담을 넘어버렸다.

　화용군이 급히 달려가 보니까 담 너머에는 아무도 없었다.

　그곳은 또 한 채의 다른 장원이어서 화용군은 재빨리 장원 내부와 주변을 살폈으나 사무열의 모습은 어디에서도 발견하지 못했다.

　왼팔이 잘린 상태에서 강기가 등 한가운데 적중됐는 데도 도망친 걸 보면 먼 거리라서 강기의 위력이 저하됐었던 모양이다.

화용군은 오래 지체할 수가 없어서 즉시 그 자리를 떴다.

휘익!

그는 거리의 건물 지붕 위를 야조처럼 날아가면서도 방금 전에 자신과 싸웠던 인물의 모습을 머리에서 떨쳐 버리기가 어려웠다.

방금 그자는 화용군이 무공을 배운 이후 최초로 마주친 강적이었다.

그자는 우령진인보다 최소한 두 단계 위의 절정고수가 분명했다.

'그자는 누군가? 혹시 남천왕의 제자인가?'

"아악! 가가!"

무련공주는 대전 바닥에 엎어져 있는 사무열에게 달려들며 비명을 질렀다.

사무열은 간신히 남천왕부에 돌아와서 대전까지 들어왔다가 엎어졌으며 온몸을 부들부들 떨고 있다.

"무열아!"

무련공주의 비명 소리를 듣고 남천왕도 방에서 나와 한달음에 달려왔다.

무련공주는 사무열이 잘못될까 봐 그를 건드리지도 못한

채 옆에 무릎을 꿇고 처절하게 눈물을 흘렸다.

남천왕이 급히 살펴보니까 사무열의 등 한가운데가 움푹 꺼졌고 왼팔이 팔꿈치 아래에서 잘라져 보이지 않았다.

그는 급히 사무열의 등 한가운데 상처에 손바닥을 밀착시키고 부드러운 진기를 주입시켰다.

혼절했던 사무열은 잠시 후에 정신을 차리고 꿈틀거렸다.

"으으… 사부님……."

"무열아."

남천왕은 안타까운 표정으로 조심스럽게 사무열의 몸을 뒤집어서 똑바로 눕혔다.

사무열은 가슴에 주먹이 통째로 들어갈 만큼 큰 구멍이 불그스름하게 뚫려 있었다. 등에 적중한 강기가 가슴 한복판까지 관통한 것이다.

남천왕은 등을 관통한 상처가 사무열의 간과 폐, 그리고 심장의 일부를 손상시켰기에 도저히 소생할 수 없다는 사실을 알고 가슴이 찢어지는 것 같았다.

그가 보기에 사무열은 도검이나 장풍이 아닌 강기에 당한 것 같았다.

"으흐흑… 아버님… 가가는 어떤가요… 죽지는 않겠지요? 네? 그렇죠?"

"상아, 무열이는……."

무련공주 주아상(朱雅祥)은 부친의 말에서 심상치 않음을 감지하고 더욱 슬프게 울었다.

"으흐흑… 가가……."

남천왕은 간신히 눈을 반쯤 뜬 사무열을 굽어보며 착잡한 얼굴로 물었다.

"무열아, 어찌 된 일이냐?"

"으으… 사부님… 탈… 명야차에게 당했습니다……."

남천왕의 눈이 쭉 찢어졌다.

"틀림없이 탈명야차더냐?"

"금… 룡왕을 비호하는 무당 제자들이 대화하는 내용을 들었습니다. 그는 탈명야차가 분… 명합니다… 허억!"

"말하지 말고 운공을 해라. 어서!"

사무열의 몸이 뻣뻣해지는 걸 보고 남천왕이 급히 소리쳤다.

"으으으… 사부님… 놈들은 성 밖… 동쪽으로 갔습니다……."

"그만 말해라!"

"흐으으… 공주……."

사무열은 무련공주를 안타깝게 바라보았다.

"가가! 으흐흑! 가가……."

사무열은 무련공주를 향해 떨리는 손을 뻗으려다가 뜻을

이루지 못하고 축 늘어지며 숨을 거두었다.

무련공주는 사무열의 몸을 거세게 흔들면서 실성한 것처럼 울부짖었다.

"가가! 정신 차려요! 눈을 떠봐요! 가가!"

혼인을 약속한 무련공주와 사무열은 거의 부부나 다름이 없는 동거 생활을 하고 있었으며 남천왕은 그 사실을 알면서도 모른 체했었다.

무련공주나 사무열 둘 다 금쪽같이 사랑하는 딸이며 제자이기 때문이다.

남천왕은 신속하게 남천왕부의 전 고수를 불러 모았다.

"탈명야차와 금룡왕, 무당파와 아미파는 성 밖 동쪽으로 향했다!"

그는 운집한 천여 명의 고수에게 일사불란하게 명령을 내린 후에 자신이 직접 그들 중에 한 무리를 이끌고 남천왕부를 출발했다.

제69장

효웅(梟雄) 남천왕

남천왕이 떠난 후 무련공주는 정원에 서서 어두운 동쪽 하늘을 바라보면서 독한 눈빛으로 중얼거렸다.

"아버님. 기필코 탈명야차의 수급을 가져오세요. 부디……."

화용군은 성 동쪽 밖에서 기다리고 있던 대풍보주 백무를 만나 서둘러 길을 재촉했다.

일행은 대풍보가 있는 산방현 방향으로 가다가 갈림길에서 둘로 나뉘었다.

백무와 대풍보 고수 오십 명은 금룡왕 일족을 호위하여 산방현으로 향했으며, 화용군은 부상당한 무당, 아미 제자들을 치료하고 시체들을 처리하기 위해서 용군단 상단이 있는 원평현으로 향했다.

　우령진인은 무당팔검의 현영과 청영을 데리고 금룡왕을 따라갔다.

　화용군 일행은 부상자가 많은데다 열네 구의 시체까지 운반해야 하기에 속도를 낼 수가 없었다. 하긴 위험한 상황은 지났으니까 그리 서둘지 않아도 될 일이다.

　무당파와 아미파 제자들은 금룡왕부에서 오랫동안 숙식을 함께하고 또 얼마 전에 혈명살수들과 생사혈전을 같이 벌였기에 서로 많이 친해져서 주로 무당 제자들이 시체를 안거나 부상당한 무당, 아미 제자들을 업고 있는 광경이다.

　화용군은 다친 아미칠검 중 한 명을 업고 걸어가는 적하신니 옆으로 다가가 나란히 걸으면서 넌지시 물었다.

　"신니, 괜찮으십니까?"

　적하신니는 깜짝 놀라는가 싶더니 의아한 표정을 지었다.

　"뭐가 말인가요?"

　"거기……."

　화용군은 말을 흐리면서 적하신니의 봉긋한 왼쪽 젖가슴

을 슬쩍 쳐다보았다.

적하신니는 가볍게 얼굴을 붉히면서 일부러 차가운 표정을 지으며 그를 외면했다.

"괜찮으니까 신경 쓰지 말아요."

"그녀는 제가 업겠습니다."

화용군은 적하신니가 업고 있는 아미 제자를 보면서 두 손을 내밀었다.

적하신니는 잠시 가만히 있다가 그에게 상체를 기울였다.

"보련(普蓮)아, 이 사람에게 업혀라."

적하신니의 적전제자인 열여덟 살 보련은 다리를 베였는데 얼굴을 빨갛게 붉히면서 화용군이 내민 어깨로 두 손을 뻗었다.

화용군은 보련을 조심스럽게 업고 적하신니와 나란히 걸으면서 조용하게 말했다.

"아미파도 출발했습니까?"

"이틀 전에 출발해서 무당파와 합류하여 북경으로 오고 있다는군요."

적하신니는 의식적으로 화용군에게서 멀찍이 떨어지려고 하면서 대답했다.

"얼마나 걸리겠습니까?"

그것도 모르는 화용군은 외려 그녀 쪽으로 가깝게 다가가면서 물었다.

"그… 글쎄… 보름은 걸리지 않겠어요?"

"늦군요."

화용군의 얼굴이 심각해졌다. 그는 북경으로 오고 있는 오대문파 중에 하나 혹은 두 개의 문파를 막아보려고 한다. 그래서 대풍보주 백무에게 만 명의 인원을 부탁했던 것이다. 무식한 방법이지만 인해전술로 겁을 주려는 작전이다.

방방의 정보에 의하면 오대문파는 칠 일 이내에 북경에 당도할 것이라고 한다.

남천왕은 오대문파가 도착하는 대로 거사를 개시하려는 것이 분명한데 동명왕 쪽에서는 아직 이렇다 할 대비책을 세우지 못했다.

대풍보와 대명제관만으로는 남천왕의 거대 세력을 당해낼 수 없을 게 분명하다.

"오대문파가 도착하면 남천왕이 거사를 개시하겠죠?"

"그럴 겁니다."

"큰일이군요… 아!"

심각하게 고개를 끄떡이던 적하신니가 갑자기 기우뚱하면서 탄성을 터뜨렸다.

탁!

순간 화용군이 재빨리 팔을 뻗어 적하신니의 허리를 감아 끌어당겼다.

"아……."

화용군에게서 자꾸 멀어지려다가 관도 가장자리 도랑에 한쪽 발을 헛디뎌서 추락하려던 적하신니는 깜짝 놀라 진땀을 흘리면서 그의 품에 안겼다.

"괜찮습니까?"

"아……."

두 사람의 몸이 밀착되어 얼굴이 닿을 듯한 상태에서 말하자 화용군의 입김이 적하신니에게 확 끼쳤다.

"아… 괜찮아요……."

적하신니는 놀라고 또 부끄러워서 정신을 차릴 수가 없을 지경이다.

자신의 가슴이 화용군에게 밀착되어 찌그러지고 그의 묵직한 남성이 자신의 은밀한 부위를 지그시 압박하는 느낌이 너무 생생해서 혼절하기 직전이다.

남자하고 이처럼 몸을 밀착한 적이 한 번도 없었던 터라서 어떤 감정이 일어나는 것이 아니라 그저 당황하고 몹시 부끄러울 뿐이다.

세 살 때 업혀서 아미파에 들어와 이날까지 불법(佛法)만을 벗하여 살아온 그녀는 십오 세 소녀나 다름없이 순수하고 청초한 순정을 지니고 있다.

그녀는 너무 당황한 나머지 화용군에게서 벗어나야 한다는 사실조차 잊어버렸다.

그 정도로 머릿속이 휘황하여 그저 멍하니 그에게 안겨 있을 뿐이다.

화용군 등에 업힌 보련은 사부 적하신니의 얼굴이 새빨갛고 눈빛이 마구 흔들리는 것을 발견하고 적잖이 놀랐다.

보련은 적하신니가 화용군 품에 안긴 것 때문에 부끄럽고 또 당황하고 있다는 사실을 알아차리고 저절로 입가에 미소가 떠올랐다.

보련 역시 잘생기고 건장한 화용군 등에 업혀서 그의 손바닥이 궁둥이를 받치고 있는 상황이라 부끄러움과 호기심으로 가슴이 심하게 설레고 있는 상황이었다.

그랬기에 보련은 사부 적하신니의 지금 심정을 누구보다 잘 이해할 수 있는 것이다.

결국 너무 당황한 적하신니는 화용군이 허리에 감은 팔을 풀고 몸을 뗄 때까지 아무 말도 아무 행동도 취하지 못하고 있었다.

그렇지만 화용군은 덤덤했다. 만약 그가 적하신니를 여자로 대했다면 몸이 반응을 했을 텐데 아무렇지도 않았다.

화용군 일행이 영정하 강변에 위치한 원평현을 오 리쯤 남겨두었을 때 전혀 예기치 않았던 일이 벌어졌다.

낯선 자들이 추격해 오고 있는 사실을 깨달은 것이다.

화용군은 업고 있던 보련을 무당 제자에게 넘겨주고 적하신니와 함께 급히 무리의 후미로 달려갔다.

그가 관도를 쳐다보자 오십 장 거리에서 무려 백여 명의 고수가 달려오고 있었다.

선두에 오십 대 초반에 황의 장삼을 입고 상투를 한 인물이 나는 듯이 쏘아오고, 그 뒤쪽 멀찍이에서 백여 명이 뒤따르고 있는 광경이다.

'설마 남천왕인가?'

화용군은 선두에서 무서운 속도로 쏘아오고 있는 한 뼘 길이의 검은 수염에 위맹한 용모의 인물을 발견하고 적잖이 놀라는 표정을 지었다.

저자가 남천왕이라면 화용군은 지금이야말로 최후의 원수를 갚을 수 있는 기회다.

그렇지만 지치고 부상당한 무당, 아미 제자들은 오늘 절대로 살아남지 못할 것이다.

"남천왕이에요."

화용군의 의문을 옆에 선 적하신니가 떨리는 목소리로 확인시켜주었다.

"어떻게 하죠?"

그녀는 방금 전보다 더 가까워진 남천왕에게서 시선을 떼지 못하며 물었다.

쉬이이—

남천왕은 더욱 속도를 높였다. 그는 자신이 주시하고 있는 젊은 청년이 탈명야차가 분명하다고 확신했다.

옆에 아미파의 적하신니가 나란히 서 있기 때문이 아니라 직감이 그랬다.

저 청년의 손에서 사랑하는 제자 사무열의 피 냄새가 생생하게 느껴졌다.

'이놈! 도망치지 말고 거기에 있어라!'

남천왕은 속으로 분노의 외침을 터뜨리며 더욱 속도를 높이며 공력을 극한으로 끌어 올렸다.

"여긴 저에게 맡기고 도망치십시오."

화용군의 말에 적하신니는 깜짝 놀랐다.

"그럴 수는 없어요. 나도 같이 싸우겠어요."

"남천왕은 태을진인의 제자입니다. 저도 그를 감당할 수 있을지 확신이 없습니다. 제가 저자를 상대하는 동안 다른 고수들이 무당과 아미 제자들을 다 죽일 겁니다. 살아남으려면 한시바삐 도망치는 것밖에 방법이 없습니다."

"그렇지만……."

화용군의 말이 맞지만 적하신니는 그를 혼자 남겨두고 도망친다는 것이 내키지 않았다.

"도망치다가 관도를 버리고 뿔뿔이 흩어지십시오. 그리고 살아남은 사람은 원평현 용군단 상단으로 모이라고 전해주십시오."

화용군의 결정을 돌이킬 수 없다고 판단한 적하신니는 간절한 표정으로 그를 바라보았다.

"죽지 않겠다고 약속해요."

"죽지 않겠습니다."

휙!

적하신니는 몸을 돌려 무당, 아미 제자들을 향해 쏘아가면서 외쳤다.

"모두 도주해요!"

무당, 아미 제자들은 서로를 부축하며 경공을 전개하여 달리기 시작했다.

적하신니는 무당 제자들이 무당, 아미 제자 시체를 안고 있는 것을 보고 급히 외쳤다.

"시체를 버려요!"

시체 때문에 발목이 잡혀서는 안 된다. 시체는 나중에라도 다시 와서 수습하면 될 것이다.

화용군은 빠르게 가까워지고 있는 남천왕을 노려보며 어떻게 할 것인지 궁리했다.

그가 남천왕 한 명만 상대한다면 백여 명의 고수가 무당, 아미 제자들을 추격할 것이다.

무당, 아미 제자들은 성한 사람이 몇 명 되지 않을 정도라서 제대로 싸워보지도 못하고 일방적으로 도륙을 당할 게 분명하다.

'남천왕은 나를 죽이려고 할 것이다.'

남천왕 정도 되는 인물이 패잔병 같은 무당, 아미 제자들을 추격해서 죽이지는 않을 것이라고 짐작했다.

'당장 남천왕하고 부딪치지 않고 피해 다니면서 고수들을 한 명이라도 더 죽여야겠다.'

그는 시간을 벌기 위해서 그 자리에 우뚝 선 채 남천왕을 기다렸다.

알 수 없는 긴장과 흥분이 그의 온몸을 가득 지배했다. 부모와 누나를 비롯한 친척들까지 죽인 철천지원수가 눈앞에서 달려오고 있는 것을 보면서 피가 들끓었다.

'저자는 내가 누구라는 걸 모를 터이다.'

그는 지그시 어금니를 악물었다.

'이렇게 된 이상 오늘 이 자리에서 무슨 수를 써서라도 저자를 죽일 수밖에 없다. 나를 위하고 또 동명왕 전하를 위해

서라도.'

십 장 전방까지 쇄도한 남천왕이 오른손을 치켜드는 모습이 보였다.

과우웅!

남천왕이 최초의 일장을 발출할 때 오 장까지 가까워졌으며, 캄캄한 한밤중에도 푸른빛을 번뜩이는 한 줄기 강맹한 장력이 쏘아올 때는 삼 장으로 좁혀졌다.

화용군은 남천왕이 공격하자마자 번쩍 허공으로 신형을 솟구쳤다.

뿌악!

"커흑!"

그런데 화용군은 솟구치기도 전에 복부에 장력이 적중되어 뒤로 화살처럼 날아갔다.

'너무 빠르다……'

쿠다닥!

그는 오 장쯤 날아가다가 땅에 떨어져서도 여력에 의해서 마구 굴러갔다.

그렇지만 그는 굴러가던 중에 벌떡 퉁기듯 일어섰다. 복부가 얼얼했지만 참지 못할 고통은 아니다. 몸에서 보내는 신호에 의하면 다행히 내장은 무사했다.

그러고 보니까 아까 미행을 하던 검은 인영하고 싸울 때 검기에 어깨를 베였는데 나중에 살펴보니까 옷만 베어지고 살 갗은 멀쩡했었다.

그리고 방금도 남천왕의 장력에 정통으로 복부를 맞았는 데 은은한 통증만 있을 뿐 멀쩡하다.

그렇지만 거기에 대해서 길게 생각할 겨를이 없다. 남천왕 이 더욱 빠른 속도로 쏘아오면서 두 번째 공격을 가했다.

과우웅!

공기를 격탕시키는 굉음과 함께 남천왕의 오른손 장심에 서 번쩍! 하고 푸른 광채가 뿜어졌다.

뿜어졌다고 여긴 순간 화용군은 이번에는 재빨리 왼쪽으 로 이동하며 피했다.

뻐걱!

"흐윽!"

그러나 이번에는 왼발을 뻗으려는 순간 가슴에 정통으로 일장이 적중되고 말았다.

파아아—

이번에도 그의 몸은 가랑잎처럼 허공으로 훌훌 날아갔지 만 가슴이 뻐근할 뿐이지 고통이라고는 할 수 없었다.

날아가는 중에 그는 이런 현상이 야차도가 사라지고 강기 를 발출하게 된 일과 연관이 있을 것이라는 생각이 얼핏 뇌리 를 스쳤다.

장력에 적중돼도 다치지 않는 것은 좋지만 그래도 기분이
나빴다.

화용군이 날려가면서 보자 그가 날아가는 것보다 더 빠른
속도로 남천왕이 지상에서 쏘아오고 있었다.

탁!

화용군은 관도 가장자리에 솟아 있는 나무를 박차고 반대
방향, 즉 백여 명 고수들을 향해 쏘아갔다.

화용군을 뒤쫓던 남천왕은 그가 머리 위로 쏜살같이 지나
가자 급히 신형을 멈추고 다시 그의 뒤를 따랐다.

화용군은 백여 명 고수를 향해 내리꽂히면서 두 팔을 맹렬
히 휘둘러 연속 네 개의 강기를 뿜어냈다.

후아아앙!

네 줄기의 반월을 닮은 기다란 빛살이 고수들을 향해 섬광
처럼 내려꽂혔다.

파아앗—

"끄윽!"

"컥!"

화용군의 네 줄기 강기는 백여 명 고수의 한가운데를 태풍
처럼 휩쓸어 버려 단번에 열두 명의 몸통이 잘라지면서 거꾸
러졌다.

화용군은 발이 땅에 닿는 순간 또다시 두 번째 두 개의 강

기를 발출했다.

후우욱!

한 번 된통 당했으면서도 무서움을 모르는 무지몽매한 고수들은 화용군을 공격하려고 도검을 휘두르며 덮쳐오다가 몸뚱이가 절단되어 우수수 쓰러졌다.

화용군이 세 번째 공격을 전개하려고 할 때 어느새 가까이 쇄도한 남천왕이 오른팔을 안으로 굽혔다가 밖으로 뿌리치는 동작을 취했다.

스파앗!

그러자 단지 새하얀 섬광이 번뜩였을 뿐인데 뭔가 강력한 기운이 화용군 옆구리를 강타했다.

퍼억!

"어헉!"

그는 조금 전에 두 번 적중되었던 장력하고는 또 다른 무언가에 적중되어 아까보다 더 빠른 속도로 실 끊어진 연처럼 밤하늘로 날아갔다.

허공을 날아가는 그는 정신이 아득한 중에 옆구리가 끊어지는 것 같은 극심한 통증을 느꼈다.

조금 전 두 번은 장력(掌力)이었고 이번 것은 강기다. 남천왕은 화용군이 장력을 맞고도 끄떡없는 걸 보고 강기를 발출한 것이다.

그가 날아가면서 보자 남천왕이 몸을 날려 허공으로 쫓아오고 있다.

옆구리의 통증이 삽시간에 온몸으로 퍼지면서 마비되는 느낌이 들었다.

그는 재빨리 몸에 이상이 생겼는지 확인해 보았다. 그러기 위해서 예전에는 운공을 해봐야 알 수 있었지만 지금은 그럴 필요가 없다.

몸의 어느 부위에 이상이 생겼으면 즉각 신호가 오는데, 방금 강기에 잘못되지는 않았다. 다만 강기에 적중되면 한동안 무지하게 고통스러울 뿐이다.

화용군은 무당과 아미 제자들을 위해서 남천왕 휘하 고수들을 죽이는 것을 이쯤에서 그만둘 수밖에 없다고 생각했다.

계속하다가는 자신에게 무슨 일이 생길 것 같았다. 강기를 맞고도 몸에 이상이 없다고 하지만 두 번 세 번 자꾸 적중되면 좋을 게 없다.

더구나 남천왕이 전개하는 공격은 무지하게 빨라서 보고 피하는 것은 불가능하다.

지금까지 세 번 그가 공격하는 순간 피했지만 세 번 모두 보기 좋게 당하고 말았다.

이유는 간단하다. 화용군이 느린 게 아니라 남천왕이 상상을 불허할 만큼 빠르기 때문이다.

현재로썬 피할 방법이 없으니까 남천왕이 공격하기 전에 먼저 선공을 해야 한다.

그렇다고 무턱대고 마구 공격할 수는 없다. 공격을 남발하면 그만큼 허점이 드러나게 될 테고, 그러면 다시 원점으로 돌아가게 된다.

빨랫줄처럼 날아가던 화용군은 우뚝 선 자세로 갑자기 아래로 쑥 하강했다.

그 순간 그는 뒤따르는 남천왕이 오른팔을 안으로 굽히고 있는 모습을 발견했다.

그게 뭔지는 모르겠지만 공격을 시도하려는 자세라는 것은 짐작할 수 있다.

아마도 강기일 테지만 그가 공격하려는 순간 화용군이 갑자기 아래로 하강하니까 표적을 잃어서 멈칫거렸다.

그 순간 화용군은 남천왕을 상대하는 괜찮은 방법 하나가 생각났다.

그가 공격을 하기 전에 이리저리 빨리 움직여서 겨냥을 못하도록 만드는 것이다.

강기를 발출하려고 오른팔을 안쪽으로 굽혔던 남천왕은 느닷없이 아래로 하강하고 있는 화용군을 겨냥하려고 급히 상체를 깊이 숙였다.

그런데 그때 화용군이 다시 방향을 바꿔 남천왕의 아래쪽으로 파고들었다.

남천왕은 움찔 놀라서 급히 멈추며 아래를 향해 엎드리는 자세를 취하며 굽혔던 팔을 뻗으려고 했다.

후우웅!

아니, 그가 엎드리는 도중에 아래쪽에서 허공을 울리는 묵직한 음향이 터졌다.

위기를 감지한 그는 아래를 향해 엎드리려던 동작을 멈추면서 동시에 재빨리 상체를 뒤틀며 무엇인지 모를 공격을 피하려고 했다.

키웅—

순간 그의 등을 베면서 뭔가 스쳐 지나갔다.

등이 화끈거리는데 제대로 적중된 것이 아니라 스치듯 긁힌 정도라는 것을 직감했다. 더 심한 상처라면 화끈거리는 것으로 그치지 않았을 것이다.

그러나 문제는 다음이다. 화용군의 공격을 피하느라 상체를 뒤트는 바람에 그의 모습을 시야에서 놓쳤다. 위기를 넘겼지만 더 큰 위기가 남았다.

남천왕은 탈명야차가 자신의 제자 사무열을 죽였다는 사실에 적잖이 놀랐으나 이 정도로 고강할 줄은 몰랐다. 자신이 나서기만 하면 최소한 이삼 초식 이내에 죽일 수 있을 것이라고 생각했었다.

스웃―

남천왕은 천근추의 수법으로 쏜살같이 하강하면서 주위를 살펴보다가 화용군이 상승하며 그를 향해 오른팔을 뻗는 모습을 발견했다.

남천왕은 이번에는 피하는 대신 재빨리 오른팔을 안으로 굽혔다가 뿌리듯이 강기를 발출했다.

똑같은 순간에 화용군이 공격을 전개한다고 해도 그보다 더 빨리 적중시킬 자신이 있었다.

스파앗!

후우웅!

화용군은 상승하고 남천왕은 하강하면서 어느 순간 서로 마주 보는 자세가 되었을 때 동시에 공격을 뿜어냈다.

쩌껑!

그리고 두 줄기 강기가 정통으로 충돌했다.

"허윽!"

"큭!"

두 마디 신음과 함께 두 사람은 뒤로 퉁겨졌다.

화용군은 커다란 쇠망치로 가슴을 두들겨 맞은 것 같은 충격을 받고 입에서 피를 뿜었다.

또한 가슴이 쪼개지는 듯한 극심한 통증 때문에 호흡이 이루어지지 않았다.

'으윽… 나보다 고강하다…….'

쿠다다닥… 퍼퍽!

그는 땅에 떨어졌다가 여러 차례 퉁기면서 밀려갔다.

그런데 땅바닥을 구르고 있는 그의 눈에 남천왕 휘하 고수들이 관도를 달려가고 있는 광경이 들어왔다.

그는 극심한 고통이 엄습한 상태로 밀려가면서 고수들을 향해 오른팔을 휘젓듯이 뿌렸다.

휘이잉!

자신이 당해서 밀려가고 있으며 가슴이 쪼개질 것처럼 아픈 상황에서도 남천왕 휘하 고수를 한 명이라도 죽여야지만 무당, 아미 제자들이 안전하다고 생각했다.

파아아—

"크악!"

"와악!"

수평으로 뿜어진 강기에 달려가던 고수 세 명의 다리와 허리가 뭉텅 잘라지며 땅에 우르르 쓰러졌다.

그는 무려 십여 장이나 밀려갔다가 입에서 피를 흘리며 비틀거리면서 일어섰다.

좀 더 민첩하게 행동하려고 해도 가슴 부위가 온통 해체되는 것 같은 고통이라 마음대로 되지 않았다.

그가 정신을 차리고 쳐다보니까 전방에서 남천왕이 쏜살

같이 달려오고 있었다.

그렇지만 남천왕은 이번에는 공격을 하지 않고 화용군의 삼 장 앞에 멈췄다.

그는 방금 일격에 화용군이 심한 중상을 입었을 것이라 여기고 그를 포획한 짐승 취급을 했다.

남천왕은 분노한 표정으로 화용군을 무섭게 쏘아보며 굵고 나직한 목소리로 말문을 열었다.

"네가 탈명야차냐?"

"그렇다."

화용군은 원래 예의를 중시하는 사람은 아니지만 남천왕에게는 더욱 예의를 갖출 필요가 없다고 생각했다. 욕설을 퍼붓지 않은 게 다행이다.

"무엇 때문에 날 괴롭히는 것이냐?"

화용군은 그 말에 화가 났지만 꾹 참았다. 남천왕은 화용군의 부모와 누나, 일가친척들까지 깡그리 대역죄인으로 몰아서 처형시켜 놓고서 까맣게 잊고 있다.

그로서는 화용군의 부모와 일가친척들은 하루살이 같은 존재들이다.

정작 가해자는 세상 편하게 살았는데 피해자만 애간장을 끓이면서 살아온 것이다.

기실 남천왕은 지금껏 수많은 사람을 죽였기 때문에 누굴 무엇 때문에 죽였는지 일일이 기억하지도 못할 것이다. 남천 왕이야말로 희대의 살인마다.

"네가 내 부모님과 일족을 모두 죽였다."

화용군이 시퍼런 안광을 뿜어내면서 말하는데도 남천왕은 표정이 전혀 변하지 않았다. 추호도 양심의 가책을 느끼지 않기 때문이다.

"그랬느냐?"

남천왕은 화용군의 아버지가 누구냐고 묻지도 않았다. 파리 같은 목숨이기 때문이다. 그의 그런 반응이 화용군을 점점 더 분노하게 만들었다.

화용군은 아내나 다름이 없는 한련의 부친 남천문 청룡전주 한형록 부부와 삼남사녀 중에 이남삼녀, 그리고 일가친척 백여 명이 몰살당한 것은 입 밖에 꺼내지도 않았다. 그래 봐야 마이동풍일 뿐이다.

오히려 남천왕은 적반하장으로 이를 갈았다.

"네놈은 내 아들과 제자를 죽였다."

"그놈이 너의 제자였느냐?"

"그렇다. 사무열이라는 이름을 갖고 있으며 장차 내 부마가 될 착한 아이였다."

화용군은 입술 끝으로만 차갑게 미소 지었다.

"그가 죽었느냐?"

"그렇다."

화용군은 고개를 끄떡였다.

"잘 죽었구나."

그 말에 남천왕의 미간이 좁혀지고 두 눈에서 은은한 청광이 흘러나왔다.

"게다가 네놈은 하나뿐인 내 아들을 죽였다."

화용군은 배알이 뒤틀렸다.

"아들은 둘일 수 있지만 부모는 한 분뿐이다."

"무슨 뜻이냐?"

"네 아들과 제자가 죽은 것은 원통하고 내 부모님과 혈족들이 죄 없이 몰살당하신 것은 괜찮다는 말이냐?"

"당연하다."

화용군은 속에서 불길이 치솟았으나 꾹 참고 물었다.

"이유가 뭐냐?"

남천왕은 간단하게 설명했다.

"내 아들과 제자는 고귀하지만 네놈의 부모와 일가는 천하기 때문이다."

그쯤에서 화용군은 남천왕과 더 이상 입씨름을 할 필요가 없다고 판단했다.

대신 남천왕을 상대할 한 가지 방법이 더 생각났다.

"네 아들 이름이 주고후였지?"

"오냐."

화용군 입가에 비웃음이 매달렸다.

"그놈 살려달라고 무릎 꿇고 싹싹 빌더란 얘기 했었나?"

"이놈!"

"발바닥을 핥으라니까 핥더군."

"끄응……."

남천왕의 얼굴이 일그러졌다. 그의 뺨이 씰룩이는 걸 보니 솟구치는 분노를 억누르고 있는 게 분명하다.

화용군은 남천왕의 속을 긁어서 분노가 이성을 마비시키 도록 만들려는 작전이다.

일대일로 싸우면 어떤 결과가 나올지 모르지만, 화용군은 오늘 이 기회를 놓치고 싶지 않았다.

원수를 죽이는데 방법이 졸렬하면 무슨 상관인가? 그는 수 단과 방법을 가리지 않고 남천왕을 오늘 밤 가장 잔인한 방법 으로 죽이고 싶었다.

"후후후… 주고후가 어디에서 죽었는지는 알고 있느냐?"

남천왕은 아들 승명왕자 주고후가 항주제일루인 자봉각에 서 술을 마시고 기녀를 끼고 자다가 괴한에게 살해당한 것으 로 알고 있다.

그 괴한이 탈명야차라는 사실을 알게 된 것은 그로부터 꽤 오랜 세월이 지나서였다.

"하하하! 그 얼빠진 놈은 기루에서 잔뜩 술 퍼마시고 기녀와 분탕질을 하다가 나한테 뒈진 것이다!"

"닥쳐라."

화용군은 남천왕의 얼굴이 보기 싫게 일그러지는 것을 놓치지 않았다.

"너의 제자라는 놈은 어째서 그리 멍청한 것이냐?"

"닥치라고 했다."

"무공이 약하면 진작 도망을 쳤어야지, 그놈은 어물거리다가 나한테 걸려든 거다."

남천왕의 목울대가 오르락내리락거렸고 콧김을 씩씩 뿜어내고 있었다.

그래도 화용군은 태연하게 비웃었다.

"어줍지 않은 실력으로 덤비기에 왼팔을 잘랐더니 비명을 지르면서 도망치는 그놈 등에 한 방 먹였는데 그다지 강한 일장도 아니었거늘 죽어버렸다는 말이냐? 그래, 죽기 전에 뭐라고 하더냐?"

그는 고개를 절레절레 흔들고 나서 남천왕에게 물었다.

"그 제자라는 놈이 너에게 꼭 복수를 해달라고 징징 울다가 죽었느냐?"

"이노옴—!"

츠츠웃!

돌연 남천왕이 폭갈을 터뜨리면서 번개같이 오른팔을 안으로 굽혔다가 화용군을 향해 뿌려냈다.

화용군은 남천왕이 급습할 것이라고 예상을 하고 있었으므로 그가 오른팔을 안으로 구부릴 때 번쩍 왼쪽으로 이동하면서 강기를 쏘아냈다.

휴우웅!

미리 예상해서 피했는 데도 불구하고 남천왕의 강기는 왼쪽으로 이동하고 있는 화용군의 오른쪽 어깨 바깥쪽을 베면서 스쳐 갔다.

화용군의 강기가 남천왕 정면으로 쏘아가는 데도 그는 피하지 못하는 것 같았다.

슈웃!

화용군은 남천왕이 강기를 피하거나 적중될 경우에 두 번째 강기를 발출하기 위해서 빠르게 쇄도했다.

그런데 전혀 예상하지 않았던 일이 벌어졌다. 남천왕이 자신에게 쏘아오고 있는 강기를 향해 오른손을 휘둘러 가고 있는 것이다.

쩌겅!

그리고 다음 순간 붉은 꽃잎을 뿌리는 듯한 불꽃이 확 일며 쇳소리가 터졌다.

그리고 화용군은 남천왕의 오른손에 한 자루 검이 쥐어져 있는 것을 보았다.

도대체 남천왕이 어디에서 검이 생겼는지 모를 일이다. 그는 분명히 검을 지니고 있지 않았었다.

화용군은 그가 검을 갖고 있는지 몰랐으며 그 검으로 강기를 쳐낼 줄은 더욱 예상하지 못했다.

그렇기 때문에 화용군이 두 번째 강기를 발출하려고 가깝게 접근하는 것은 이 순간 위험천만한 일이 돼버렸다.

하지만 일 장 반까지 접근했다가 아무것도 하지 않고 물러서거나 방향을 틀어 도망치는 행위는 더 위험하다.

이럴 때는 최대한 강력하게 공격을 퍼부어야 한다. 그래서 상대를 무력하게 만들든지 아니면 주춤! 하게라도 만들어야지만 위험에서 벗어날 수가 있다.

화용군은 두 번째에는 강기 하나만 발출하려고 했으나 이런 상황이 돼버렸기에 두 손을 맹렬하게 교차시키면서 휘둘러 동시에 두 개의 강기를 뿜어냈다.

큐우웅!

그런데 남천왕이 피하거나 물러서지 않고 오히려 화용군을 향해 곧장 돌진해 왔다.

그때 문득 화용군은 방금 전에 남천왕이 검으로 강기를 막았다는 사실을 떠올렸다.

벌써 여러 번 전개해 봐서 아는데, 화용군의 강기는 바위를 깨뜨리고 도검 수십 자루를 한꺼번에 부러뜨리는 위력을 지니고 있다.

그런데 남천왕이 검으로 강기를 막았다는 것은 그 검이 평범한 검이 아니라는 뜻이다.

키우웃!

때마침 남천왕이 쇄도하면서 화용군을 향해 수중의 검을 그어왔다.

그런데 검이 백색으로 눈부시게 투명했다. 그런가 싶은데 그어오는 도중에 얼핏 투명하게도 보이면서 시야에서 사라지는 것 같더니 다시 백색으로 보이기도 했다.

'투명검이라는 말인가?'

화용군은 움찔했다.

쩌쩡!

남천왕은 쇄도하면서 두 개의 강기를 튕겨내고 이어서 화용군의 상체를 맹렬하게 베어왔다.

그가 검을 쥐고 있는 상황에서는 화용군의 강기는 무용지물인 것 같았다.

'우웃!'

앞으로 달려 나가던 화용군은 멈칫하면서 표정이 급변했다. 남천왕의 공격은 지독하게 빨라서 화용군의 실력으로는 절대 피하지 못한다.

방법은 오로지 반격이다. 그리고 지금으로썬 그가 할 수 있는 건 강기를 발출하는 것뿐이다.

투우웃! 투앗!

그는 주춤주춤 뒤로 물러나면서 연달아 강기를 발출했다.

쩌껑! 쩌쩡!

키아앗!

그렇지만 남천왕은 강기를 간단하게 퉁겨내고 방금 전보다 더 가깝게 쇄도하며 더욱 집요하게 화용군의 목을 노리고 검을 베어왔다.

싸아아—

"헛!"

화용군은 뒤로 급히 물러나면서 동시에 상체를 젖혀서 가까스로 피했다.

그러면서 생각했다. 검은 한 번 스쳐 지나가면 다음 동작으로 이어질 때까지 약간의 공백이 생기니까 바로 그 허점을 노려야 한다고 말이다.

'지금이다!'

화용군은 젖혔던 상체를 펴면서 벼락같이 오른손으로 강기를 발출했다.

아니, 발출하려는 순간 남천왕의 오른손에서 흰색의 강기가 뿜어졌다.

쿠우웃!

"……."

화용군은 그 순간 멍해지고 말았다. 방금 전까지만 해도 남천왕의 오른손에는 백색의 투명검이 쥐어져 있었는데 지금은 그 검이 어디론가 사라져 버리고 그 대신 강기를 뿜어내고 있기 때문이다.

'무형검(無形劍)이다!'

투명검이 아니라 무형검이었다. 남천왕은 애초부터 검 같은 건 갖고 있지 않았다.

체내의 공력, 아니, 강기로 무형검을 만들어서 무기로 사용하고 있는 것이다.

그 사실을 깨닫고 화용군은 초조한 심정이 되어 최대한 빠른 동작으로 강기를 뿜었다.

꽝!

일 장 밖에 안 되는 가까운 거리에서 두 개의 강기가 정통으로 격돌했다.

"크윽……!"

화용군은 가슴이 쪼개지는 통증을 느끼면서 또다시 입에서 피를 왈칵 토하며 뒤로 물러났다.

키우웅!

바로 그 순간 방금 전에 강기를 발출했던 남천왕의 오른손에 이번에는 눈부신 백광을 흩뿌리는 무형검이 쥐어진 상태에서 화용군의 정수리를 세로로 그어왔다. 남천왕이 강기로 무형검을 만들어내는 게 분명해졌다.

사각!

다급히 상체를 뒤로 젖혔지만 묘한 음향과 함께 화용군은 자신의 가슴이 베어지는 느낌을 받았다.

그는 상체가 뒤로 젖혀진 자세이며 남천왕을 보지도 못한 상태에서 두 손을 어지럽게 휘둘러 두 개의 강기를 마구잡이로 발출했다.

후우웅!

목숨이 경각에 처한 상황에서의 발악이다. 강기가 남천왕을 적중할 것이라는 기대보다는 지금의 위기를 모면하려고 발출한 것이다.

칵!

그러나 역시 강기는 남천왕을 빗나갔다. 남천왕은 두 개의 강기를 쳐내지도 않고 무형검으로 이번에는 화용군의 옆구리를 길게 베었다.

"으윽……."

화용군은 신음을 흘리면서 비틀거리며 뒤로 물러났다. 조금 전 베인 가슴과 방금 베인 옆구리에서 피가 쿨럭쿨럭 쏟아져 나왔다.

다른 상처는 흔적도 남지 않았는데 남천왕의 무형검에는 상처만이 아니라 피까지 흘리고 있다. 도대체 어찌된 영문인지 모르겠다.

"죽어라! 이놈!"

조금 전에 일대 일 싸움에 도움이 되라고 남천왕을 잔뜩 약을 올려놓았는데 지금은 그게 오히려 독이 되어 화용군을 죽이고 있다.

키아앙!

무형검은 기이한 검명을 쏟아내면서 집요하게 화용군을 압박하며 베고 그어왔다.

화용군은 허우적거리듯이 두 손으로 연달아 의미 없는 강기를 발출했다.

'야차도가 필요하다……'

강기는 발출하는 것이며 일회성이라서 한 번 발출하면 다음 발출 때까지 틈이 생기게 마련이다.

그렇지만 도검은 손에 쥐고 싸우는 터라서 공격과 방어 양쪽에 다 유리하다.

그렇기 때문에 화용군은 야차도가 필요한 상황이지만 한 번 사라진 야차도를 어디에서 구한다는 말인가.

푹!

"큭!"

남천왕의 무형검이 전방에서 화용군의 왼쪽 가슴과 어깨 사이를 깊이 찔렀다가 검을 어깨 바깥쪽으로 확 그었다.

그 바람에 화용군의 가슴에서 어깨까지 반 뼘 정도가 뚝 베이면서 피가 뿌렸다.

키우웃!

또다시 남천왕이 반 장까지 쇄도하면서 숨 쉴 틈 없이 연속적으로 무형검을 그어왔다.

화용군은 여차하는 순간에 자신이 죽을 수도 있다는 위기 상황에 직면했다.

그는 지금껏 수많은 싸움을 벌이고 또 위험에 처했었지만 지금 같은 절체절명의 순간은 처음이다.

가슴과 옆구리. 그리고 방금 베어서 잘라진 왼쪽 어깨의 상처에서 피가 흐르는 것도 문제지만 온몸이 분쇄되는 것처럼 고통스럽고 또한 기운이 빠져나가고 있는 것이 생생하게 느껴졌다.

이번에 그어오는 무형검은 화용군의 몸 한 군데가 아니라 목과 정수리, 심장, 허리 무려 네 군데를 노리면서 찌르는 것과 동시에 베어오고 있었다.

키아아앗!

화용군은 그 자리에서 좌우로 피하거나 상체를 흔들어서는 남천왕의 공격권에서 벗어나지 못한다고 판단했다. 무형검의 네 군데 공격 중에서 하나만 제대로 맞아도 죽거나 재기 불능의 중상을 당하게 될 터이다.

'뒤로 물러나야 한다!'

내심 절박하게 외쳤지만 몸이 그 자리에 굳어버려서 꼼짝도 할 수가 없다.

사실인즉 꼼짝도 하지 못하는 게 아니라 물러설 겨를이 없는 것이다.

물러설 수야 있지만 필경 물러서다가 남천왕의 무형검에 난도질당하고 말 터이다.

'제발……'

화용군은 두 손을 번개처럼 휘둘러서 마구 강기를 쏟아내며 속으로 부르짖었다.

스으으…….

순간 그의 몸이 뒤로 주르르 일 장이나 미끄러지듯 물러나면서 두 손에서는 무려 다섯 개의 강기가 폭발하듯이 와르르 뿜어져 나갔다.

후후후우웅!

"웃!"

화용군이 무방비 상태라 판단하고 그의 네 군데 급소를 노리며 짓쳐오던 남천왕은 느닷없이 그가 물러나면서 다섯 개의 강기를 파도처럼 발출하자 움찔 놀랐다.

이제는 화용군을 죽이는 게 문제가 아니라 남천왕 자신이 위기에 처하고 말았다.

그러나 그는 공격하는 중이기 때문에 일순 어떻게 방어해야 할지 막막해져서 무형검으로 강기들을 쳐내면서 몸을 미친 듯이 흔들어 피하려고 했다.

쩌쩌쩡—

픽!

"크흑!"

그러나 남천왕은 네 개의 강기를 퉁겨내거나 피했지만 하나를 왼쪽 어깨에 적중당해 몸의 왼쪽이 팩! 돌아가면서 상체가 뒤로 젖혀졌다.

화용군은 그 순간을 놓치지 않고 비호처럼 쇄도하면서 오른팔을 슬쩍 뒤로 젖혔다가 돌을 던지듯이 앞으로 홱 뿌리면서 강기를 발출했다.

쿠우웅!

그러자 여태까지보다 더욱 강력한 강기가 뿜어졌다.

남천왕은 왼쪽 어깨를 적중당한 탓에 몸이 한 바퀴 회전하면서 뒤로 밀리다가 화용군을 향해 무형검을 내던지면서 급히 몸을 쓰러뜨렸다.

픽!

콱!

"흐악!"

"크윽!"

남천왕은 오른쪽 가슴 부위에 강기를 호되게 적중당해 입에서 화살처럼 핏덩이를 뿜으며 뒤로 날아갔다.

무형검이 오른쪽 복부에 꽂힌 화용군은 뒤로 주르르 이 장이나 밀려났다.

무형검은 그의 복부에 꽂힌 직후 사라졌다. 남천왕이 공력을 거두었기 때문이다.

그렇지만 화용군은 복부가 관통되어 앞뒤로 콸콸 피를 쏟으면서도 남천왕을 향해 달려들며 오른팔을 치켜들었다가 강하게 뻗었다.

화우웅!

지금까지는 그냥 손을 뻗었는데 방금 전에 팔을 뒤로 젖혔다가 뿌리듯이 강기를 발출하면 더욱 강력해진다는 사실을 깨달았다.

그런데 그 순간 일그러진 얼굴로 비틀거리면서 물러나던 남천왕도 화용군을 향해 오른손을 떨쳤다.

키유웅!

그는 강기가 아니라 무형검을 만들어서 화용군의 목을 향해 힘껏 던졌다.

화용군은 앞으로 짓쳐 나가는 중이므로 무형검을 피하는

게 불가능한 상태다.

어쨌든 화용군의 회심의 일격과 남천왕의 발작적인 일검이 서로를 향해 쏘아가고 있으며, 이것들이 적중된다면 양패구상을 면하지 못할 것이다.

그때 화용군은 조금 전 절체절명의 순간에 자신의 몸이 뒤로 미끄러지면서 남천왕의 공격을 피했던 일이 번뜩 뇌리를 스쳤다.

'왼쪽으로!'

그는 내심 크게 외치면서 온 정신을 왼쪽으로 이동하는 것에 쏟아부었다.

스사아…….

그 순간 그의 몸이 아까처럼 왼쪽으로 찰나지간 미끄러지듯이 이동하면서 무형검이 한 치 차이로 목 옆을 스치며 지나갔다.

그렇지만 그가 왼쪽으로 이동하는 바람에 발출했던 강기도 방향이 틀어져 남천왕을 맞추지 못했다.

"우웃!"

그가 두 다리에 불끈 힘을 주고 재차 짓쳐가려고 할 때 남천왕이 돌연 몸을 돌려 도주하기 시작했다.

"이놈! 목을 내놔라!"

휘익!

화용군은 벼락같이 외치며 몸을 날렸으나 얼마 가지 못하고 쓰러질 듯이 비틀거렸다.

그는 점점 멀어지고 있는 남천왕을 노려보면서 억울함과 원통함 때문에 씨근거렸다.

"허억… 헉……."

제70장

먹잇감

화용군이 남천왕과의 싸움에서 중상을 입은 탓에 대사에 차질이 빚어지고 말았다.

그는 대풍보주 백무가 마련해 준 만 명을 이끌고 오대문파가 오는 길목을 막아 저지하려고 했는데 중상을 입었기 때문에 꼼짝할 수가 없었다.

아니, 화용군은 중상 입은 몸이라도 이끌고 오대문파를 맞이하러 갈 마음이 굴뚝같았다.

그러나 한련과 천보가 눈물을 흘리면서 결사적으로 만류를 하는 통에 주저앉을 수밖에 없었다.

사실 처음에 화용군이 적하신니에게 업혀서 원평현 용군단 상단으로 왔을 때에는 거의 죽은 목숨처럼 보였다.

다섯 군데 베이고 찔린 검상들이 하나같이 엄중한 데다 피를 너무 많이 흘린 탓에 온몸이 만신창이였다.

웬만한 무림고수라면 다섯 개의 검상 중에 하나만 완치하려고 해도 두어 달은 걸릴 것이다.

그런데 그는 이제 겨우 이틀이 지났을 뿐인데 벌써 상처가 아물기 시작했다.

용군단 소속의 의원들이 특별한 치료를 했기 때문이 아니라 그의 몸이 스스로 치료를 하고 있는 것이다.

아마도 그것은 그가 금강명해를 터득하고 나서 일어나고 있는 몇 가지 특별한 혜택 중에 하나일 터이다.

화용군과 함께 있던 무당, 아미 제자들은 남천왕 수하 고수들과의 싸움에서 일곱 명이 죽거나 다쳤다.

시간이 더 흘렀으면 더 많은 무당, 아미 제자들이 죽었겠지만 남천왕이 도주하는 바람에 그의 수하 고수들도 일제히 썰물처럼 물러났었다.

어쨌든 화용군 덕분에 그나마 무당, 아미 제자들은 목숨을 건질 수 있었고, 또한 부상당한 제자들도 이곳에서 치료를 받을 수 있게 되었다.

그래도 화용군은 아직 몸을 움직이지 못하는 형편이다. 자유롭게 문 밖 출입이라도 하려면 사나흘 쯤 더 지나야만 할 것 같았다.

원평현 용군단 상단은 눈코 뜰 새 없는 장사치들의 집합체라서 여느 장원처럼 아담하거나 조용하지 않고 밤낮 없이 시끌벅적거렸다.

원평포구에는 수백 척의 크고 작은 배가 정박해 있으며, 또 수없이 들락거렸다.

또한 배에서 짐을 내리고 싣느라 분주했으며, 온갖 물건을 잔뜩 실은 수레들이 꼬리를 물고 포구에 면한 거리를 굴러가면서 고성이 오갔다.

용군단 상단은 원평포구에서 가장 규모가 컸지만 거친 뱃사람들의 소굴답게 거리 쪽에 업무를 담당하는 삼 층의 집무실이 있으며 마당에는 창고가 줄지어 있고, 그 뒤쪽 마당 너머에 숙소로 사용하는 세 채의 이 층 전각이 있는데, 화용군 등은 그중 한곳에서 지낸다.

화용군은 침상에 누워 있고 침상가에 천보와 한련, 적하신니가 앉아 있다.

화용군은 남천왕과 싸운 지 오늘로 사흘째 아침을 맞이했다.

사실 화용군의 상처가 놀라운 속도로 빠르게 아물고 있다고는 하지만, 그는 사흘 내내 침상에 누워서 거의 손가락 하나 까딱하지 못했었다.

그가 중상을 입었다는 소식을 전해들은 천보와 한련이 한달음에 달려왔으며, 적하신니는 사흘 내내 그의 곁에서 한시도 떠나지 않았다.

만약 사흘 전 남천왕의 추격 때 화용군이 없었다면 적하신니를 비롯하여 무당, 아미 제자들은 관도상에서 모두 죽음을 맞이하고 말았을 것이다.

그걸 알고 있는 적하신니는 화용군의 곁을 떠날 수가 없는 것이다.

아니, 그게 아니더라도 아무에게도 말할 수 없는 화용군에 대한 어떤 기묘한 감정이 적하신니 가슴속에서 꿈틀거리며 생성했기에, 그가 잘못되기라도 한다면 그녀는 큰 마음의 상처를 입을 터였다.

화용군은 남천왕이 떠나고 나서 잠시 후에 혼절하여 길바닥에 쓰러졌다가 이틀이 지난 오후에 겨우 깨어났었다.

천보가 누워 있는 화용군을 보면서 눈물을 흘리며 흐느끼듯이 입을 열었다.

"아버님이 황제가 되시는 것도 싫고 용 대가께서 원수를 갚는 것도 싫어요. 그냥 우리끼리 머나먼 깊은 산중에라도 들어가서 오순도순 살고 싶어요."

화용군은 눈을 뜨고 있지만 천보에 말에 가타부타 아무 말
도 하지 않았다.

옆에 앉은 한련이 천보의 손을 꼭 잡고 눈물지으며 말을 이
었다.

"언니, 용 대가께서 한 번만 더 중상을 당했다는 말을 듣는
다면 소매는 심장이 멈춰서 죽어버릴 것만 같아요."

적하신니는 나란히 앉아서 눈물짓고 있는 천보와 한련이
당금 천하에서 가장 아름다운 미인으로 추앙받고 있다는 천
하삼절미 중에 두 명이라는 사실을 사흘 전 그녀들이 이곳에
왔을 때야 처음 알았었고, 그녀들이 화용군의 부인이나 다름
이 없다는 사실 또한 처음 알고는 크게 놀랐었다.

적하신니는 세 살 때 불문에 들어와서 지금까지 살아오면
서 자신이 여자라는 사실을 깨닫는 것은 한 달에 한 번 월경
을 할 때뿐이었다.

물론 그녀는 지금도 월경을 하고 있어서 한 달에 한 번 그
기간 동안만 '내가 여자로구나' 라고 덤덤하게 생각하는 정도
였다.

그런데 사흘 전 화용군이 이상한 짓을 하고 나서부터 그녀
는 한 달에 한 번이 아닌 상시 여자가 돼버렸다.

불경으로 인해서 아주 깊숙하게 봉인(封印)되어 있던 그녀

의 여성(女性)을 화용군이 깨뜨린 것이다.

그녀의 여성이 깨어나서 뭘 어쩌겠다는 것이 아니라 세상을 보고 사람을 보는 눈이 많이 달라졌다.

이를테면 천보나 한련 같은 천하절색의 미인을 보고 감탄할 줄도 알게 되었다.

"용군, 있나?"

그때 방문 밖에서 남자의 걸쭉한 목소리가 화용군의 이름을 불렀다.

침상가의 세 여자는 깜짝 놀라 일어서고, 적하신니가 검을 뽑으면서 문으로 달려갔다.

"괜찮습니다, 신니. 친구입니다."

방방의 목소리를 알아듣고 화용군이 말하자 적하신니가 조심스럽게 문을 열었다.

쭈뼛거리면서 안으로 들어서는 방방은 천보와 한련을 보고 놀라면서 계속 허리를 굽실거렸다.

그는 화용군을 친구로 여기고 있으면서도 천보와 한련처럼 굉장한 여자들은 아직 친구의 부인으로 받아들일 만한 자신이 없는 것 같았다.

더구나 방방은 실내에 천보와 한련 말고 예쁘장한 적하신니까지 있는 걸 보고는 주눅이 들어서 걸음을 멈추고 쭈뼛거렸다.

"방방, 가까이 와라."

"어……."

"무슨 일이 있느냐?"

"그래."

침상가로 다가온 방방 좌우에 천보와 한련, 그리고 적하신니가 진중한 얼굴로 주시하자 방방은 버썩 얼었다.

"오대문파가 북경 성내로 속속 들어오고 있어."

"음."

화용군은 무거운 신음을 흘렸다. 오대문파를 막지 못했다는 사실이 더욱 뼈아프게 그를 괴롭혔다.

"남천왕에 대한 소식은 없느냐?"

방방은 화용군이 남천왕하고 싸웠다는 사실조차 모른다. 그는 급히 전할 말이 있어서 소요원에 갔다가 화용군을 만나지 못하고 용군단의 이곳저곳을 돌아다니면서 수소문 끝에 여길 찾아온 것이다.

방방은 화용군이 침상에 누워 있는 걸 보고 재빨리 머리를 굴렸다.

"남천왕하고 싸운 거야?"

"그래."

"용군 자네가 이 지경이 된 걸 보니까 남천왕이 태을진인의 제자라는 게 맞는 것 같군."

화용군은 잠시 생각하다가 방방에게 주문했다.

"남천왕이 지금 어떤 상황인지 알아봐 다오."

현재 남천왕이 움직이는 데 지장이 없는 몸 상태라면 오대문파와 무림세력들을 진두지휘해서 거사를 도모할 수 있다. 하지만 꼼짝도 하지 못하고 자리에 누워 있는 상태라면 아직은 조금 안심할 수 있을 것이다. 그래 봐야 그가 치료를 끝내고 돌아다닐 수 있을 때까지 뿐이다.

"알았어."

부스럭…….

방방은 고개를 끄떡이더니 품속에서 꼬깃꼬깃 접은 종이를 내밀었다.

"총방교가 자네한테 전하랬어."

화용군이 펼쳐보니 남천왕이 북경으로 불러들인 총 세력의 규모에 대해서 자세하게 기록되어 있었다. 무엇보다 중요한 내용이다.

종이에 급히 휘갈겨 쓴 내용을 한동안 꼼꼼하게 읽던 화용군이 무거운 신음을 흘리며 종이를 내밀자 적하신니가 얼른 받아서 읽었다.

화용군이 다소 해쓱한 안색에 심각한 표정으로 지그시 눈을 감고 있는 동안 적하신니와 천보, 한련 등은 종이를 읽고 나서 똑같이 암담한 표정을 지었다.

"남천왕의 세력이 도합 만오천 명이나 된다는 건가요?"

적하신니는 그렇게 말하면서도 자신의 말을 믿지 못하겠다는 표정을 지었다.

"북경 성내에만 오천 명이고 나머지 만여 명이 성 밖에서 겹겹이 에워쌌다는군요."

천보와 한련이 어이없다는 얼굴로 말을 받았다.

"남천왕은 무림고수들로만 거사를 일으키려는 것 같아요. 관(官)이나 군(軍)이 침묵하면서 묵인을 해준다면 무림고수 만오천 명으로 황궁과 황도를 장악하는 것은 어렵지 않을 거예요."

황궁 자금성과 황도 북경을 장악하면 대륙의 심장을 선점한 것이나 다름이 없다. 그렇게 하면 싸움의 절반은 이미 이기고 들어가는 것이다.

더구나 북경 성내에 들어와 있는 세력은 오대문파 장문인들이 이끌고 있는 오대문파의 일류고수들과 북경을 비롯한 하북무림의 일류고수들이다.

그리고 성 밖에 포위망을 구축한 만여 명도 모두 일류고수라서 대풍보만으로는 역부족이다.

대풍보는 고수나 무사의 수는 많지만 일류고수를 통틀어도 삼백여 명 남짓이다.

대명제관에서 고수를 선발하고 동명왕의 친위대인 동명고

수들을 합쳐 봐야 오백 명 정도다.

도합 팔백여 명으로는 남천왕의 거사를 막을 수가 없다. 말 그대로 달걀로 바위를 치는 격이다.

동명왕을 돕기로 한 무당파와 아미파, 소림사, 곤륜파는 아무리 빨라도 열흘이 지나야지만 북경에 도착할 것이고, 또한 그들은 이천 명 정도라는데 그들로 남천왕의 거사를 저지하는 것은 역부족일 터이다.

'방법이 없는 것인가?'

화용군은 거대한 바위가 가슴을 짓누르고 있는 것처럼 답답하기 짝이 없었다.

화용군은 원평포구의 용군단 상단 별채에서 당분간 머물기로 했다.

북경 성 안팎에 남천왕이 불러 모은 무림고수 만오천여 명이 우글거리고 있지만 아직 거사를 벌이지는 않았다.

화용군과 남천왕이 싸우고 나서 나흘이 흘렀다.

화용군은 아직 침상에서 내려오진 못해도 침상 위에서나마 행동이 자유로울 만큼 빠른 회복을 보이고 있다.

어느덧 그가 머물고 있는 곳에도 나흘째 밤이 찾아왔다. 실내 벽에는 유등이 밝혀 있고 일찌감치 저녁 식사를 끝낸 천보와 한련은 침상에 벌거벗은 채 누워 있는 화용군의 몸을 닦고 있는 중이다.

화용군은 남천왕과 싸운 이후 천보와 한련이 이따금 젖은 헝겊으로 얼굴을 닦아주었을 뿐 몸을 씻지 않아서 오늘 밤에는 큰맘 먹고 씻기로 했다.

적하신니는 무당, 아미 제자들을 둘러보러 나갔고 천보와 한련은 합심하여 자신들의 사랑스러운 낭군의 몸을 정성껏 씻어주고 있다.

천보가 허리 위쪽, 한련이 허리 아래쪽을 맡아서 따뜻한 물에 헝겊을 적셔서 그의 몸을 부드럽게 닦았다.

그녀들은 각기 화용군과 여러 차례 깊은 관계를 맺었으나 지금처럼 홀딱 벗겨놓은 전라를 한눈에 보는 것은 처음이라서 부끄러운 중에도 호기심 어린 눈빛으로 그의 몸을 구석구석 살펴보았다.

"춥지 않아요?"

천보는 화용군의 팔을 잡고 들어 올려 겨드랑이를 문지르면서 물었다.

"괜찮아."

천보는 화용군의 검에 찔리고 베였던 상처들을 꼼꼼하게 살펴보면서 감탄했다.

"어쩜 이럴 수가 있는 건지 정말 신기해요. 이젠 상처의 딱지가 떨어지려고 해요."

"그게 아무래도 금강명해 덕분인 것 같아."

화용군은 금강명해를 터득하고 나서 변한 몇 가지 것에 대해서 천보에게 설명해 주었다.

천보는 진지한 표정을 지었다.

"그럼 제가 금강명해를 좀 더 세밀하게 궁구해 볼게요."

"음……."

그런데 문득 화용군이 묵직한 신음을 흘리더니 손을 천보의 치마 속으로 불쑥 집어넣었다.

"아……."

천보는 깜짝 놀랐지만 눈을 곱게 흘기며 저항하지 않았다. 아니, 오히려 그가 만지기 쉬우라고 몸을 틀어서 살짝 다리를 벌려주었다.

그러면서 한련을 보다가 깜짝 놀라고 말았다. 그녀가 화용군의 중요한 부위를 붙잡은 채 물고 빨고 아예 씨름을 하고 있는 모습을 발견한 것이다.

척—

볼일을 끝내고 아무 생각 없이 방문을 열고 안으로 들어서던 적하신니는 그 자리에 뚝 멈춰서 눈을 동그랗게 뜨고 말았다.

"……."

그녀는 너무 놀라서 소리를 지를 뻔했으나 급히 손으로 입을 막고는 얼른 밖으로 나와 문을 닫았다.

"하아아……."

그녀는 얼어붙은 것처럼 한참이나 서 있다가 이윽고 조심스럽게 긴 한숨을 토했다.

변장 때문에 숙수 모습을 하고 있는 그녀는 방금 실내에서 봤던 광경이 눈앞에서 아른거렸다.

화용군과 천보, 한련 두 여자가 모두 전라의 몸으로 한데 뒤엉켜 있는 광경이었다.

그녀는 심장이 미친 듯이 두근거렸고 입안이 바싹 말랐으며 머릿속에서 커다란 범종을 두드리는 듯한 소리가 들렸다.

"아미타불… 아미타불……."

그녀의 입에서 불호가 저절로 흘러나왔다.

짐꾼 한 명이 어깨에 궤짝 한 개를 메고 원평포구 용군단 상단 안으로 들어서더니 주위를 두리번거리다가 창고 뒤쪽 별채로 향했다.

별채의 방문 앞에 서 있는 적하신니는 저만치에서 짐꾼 하나가 마당을 가로질러 곧장 다가오는 것을 발견하고 긴장하여 언제라도 출수할 태세를 갖추었다.

적하신니는 등 뒤의 방 안에서 하용군과 천보, 한련이 여전히 정사를 벌이고 있기 때문에 들어가지 못하는 것은 물론이고, 오히려 그들을 위하여 방문 밖에 서서 호위를 서고 있는 것이다.

남이 정사를 벌이는데 그녀가 호위를 서게 될 줄은 상상해 본 적도 없었다.

하지만 누군가 문을 벌컥 열고 들어가면 큰일이라고 생각하는 그녀다.

더구나 그 사람이 화용군과 그의 부인들이라면 당연히 호위를 서야 한다고 생각했다.

그녀는 말을 하면 방 안에 들릴 것이라서 다가오는 짐꾼을 향해 오지 말라고 손짓을 휘이 휘이 해 보였다.

그런데도 짐꾼은 아랑곳하지 않고 걸어오더니 적하신니 세 걸음 앞에 멈추고는 읊조리듯 중얼거렸다.

"화용군 화 대협을 만나러 왔소이다."

"쉿……."

적하신니는 급히 검지로 자신의 입을 가리면서 당황한 얼굴로 등 뒤의 문을 돌아보고 다시 짐꾼을 보았다.

짐꾼으로 변장한 동창 태감 덕후는 궤짝을 살며시 내려놓으며 긴장한 얼굴로 속삭이듯 물었다.

"무슨 일이오?"

적하신니는 더욱 목소리를 낮추었다.

"화 시주는 안에서 뭘 하고 있어요."

"뭘 하고 있소?"

"두 명의 부인하고… 그러니까 그들은……."

적하신니는 거기까지 말하고는 부끄러워서 얼굴을 확 붉히며 더듬거렸다.

덕후는 즉시 알아들었다. 적하신니의 말이 아니더라도 방 안에서 끈적한 신음 소리가 새어 나오고 있어서 귀가 있으면 듣지 못할 리가 없다.

덕후는 입가에 묘한 미소를 짓더니 적하신니 옆에 나란히 서서 뒷짐을 지었다.

적하신니는 그를 힐끗거렸다.

"그런데 시주는 누군가요?"

"나는 동창 태감이오. 그렇다면 신니는 아미파의 적하신니겠군요."

적하신니는 깜짝 놀랐다.

"그… 걸 어떻게 알았죠?"

덕후는 빙그레 미소 지었다.

"방금 신니께서 내게 '시주' 라고 하지 않았소?'

"아……."

잠시 후에 적하신니와 덕후가 들어가니까 화용군은 침상

에 비스듬히 기대어 앉아 있고 침상가에는 천보와 한련이 나란히 다소곳이 서 있었다. 물론 세 사람은 모두 옷을 입고 있는 모습이다.

아까 화용군은 천보, 한련과 정사를 할 때 적하신니가 들어왔다가 놀라서 다시 나가는 것을 알았지만 모른 체하고 할 일에만 열중했었다.

그리고 적하신니가 밖에서 호위를 서고 있다는 것과 덕후가 온 것도 알고 있었으나 하던 일을 멈추고 싶지 않았다. 그는 두 아내 천보와 한련의 쾌락을 중간에서 강탈할 정도로 야속한 성격이 아니다.

천보와 한련은 적하신니와 덕후를 대하는 게 부끄러웠으나 그보다는 만족감이 몇 배나 더 컸기에 발그레한 얼굴에는 은은한 미소가 떠올라 있었다.

"화 대협, 대단하오."

덕후는 침상가 의자에 앉자마자 엄지손가락을 치켜세우며 감탄했다.

"무슨 말이오?"

"남천왕과 싸운 거 아니오?"

"어떻게 알았소?"

덕후는 의미심장한 미소를 지었다.

"남천왕도 누워 있는데 화 대협도 누워 있다면 뻔한 얘기 아니겠소?"

화용군은 상체를 좀 더 일으켰다.

"그놈이 누워 있소?"

덕후는 화용군에게 조금 바싹 당겨 앉으며 진지한 표정을 지었다.

"남천왕부에 심어놓은 첩자 한 명이 나흘 전 이른 새벽에 남천왕과 고수들이 돌아오는 것을 보았소. 남천왕이 피를 흘리면서 심하게 비틀거렸다는 것이오."

덕후는 고개를 가로저었다.

"하긴, 새벽에 남천왕과 많은 고수가 한꺼번에 들이닥쳤으니까 눈이 있는 사람은 다 봤을 것이오."

"음."

"첩자의 말에 의하면, 그 즉시 남천왕이 지하의 금궁(禁宮)으로 들어갔다는 것이오."

"금궁?"

화용군은 본능적으로 뭔가를 감지했다. 그것은 맹수가 먹잇감을 발견했을 때의 그것과 같았다.

"금궁이라는 곳은 나도 처음 들었는데 그곳은 원래 남천왕이 무공을 연마하는 곳이라오."

덕후의 목소리가 긴장으로 물들었다.

"남천왕이 금궁에 들어간 지 나흘이 지났는데도 아직까지

나오지 않고 있소."

"뭘 하는 것 같소?"

"보이지 않는 사람이 있소."

"누구요?"

"남천왕부에는 다섯 명의 의원이 있는데 그들 중에 세 명이 나흘 전부터 보이지 않소."

"흠……."

화용군은 남천왕이 중상을 입었다고 확신했다. 대충 다쳤으면 금궁이라는 곳까지 들어가지 않았을 테고, 나흘씩이나 나오지 않을 리가 없다.

그러니까 다쳐도 매우 심한 중상이 분명하다. 여북하면 싸우다가 도망쳤겠는가.

덕후의 마지막 말이 화용군의 머리에 쐐기를 박았다.

"남천왕이 금궁에서 나오면 거사를 개시할 것이오. 틀림없소. 이미 만반의 준비를 끝냈잖소?"

덕후가 자신만만하게 말하지 않아도 화용군 역시 그렇게 생각하고 있다.

나흘 전 싸움에서 화용군이 남천왕을 죽였더라면 모든 일이 깨끗하게 정리됐을 것이다. 원수를 갚는 것은 물론이고 동명왕이 황위에 오르고, 대륙의 백성들은 장차 태평성대를 누리게 되었을 터이다.

그렇지만 당시에 화용군은 최선을, 아니, 사력을 다해서 싸웠다. 자신의 안위는 돌보지 않고서 오로지 남천왕을 죽이려고 발악을 했었다.

솔직하게 말하면 그가 남천왕을 죽이지 못한 것이 원통한게 아니라, 남천왕에게 죽음을 당하지 않은 것이 천만다행이라고 여겨야 한다.

냉정하게 평가했을 때 남천왕이 화용군보다 고강했다. 남천왕은 화용군을 죽일 수 있는 몇 번의 기회를 놓쳤으며, 화용군은 아직 이해하지 못한 금강명해를 극적인 순간에 최대한 이용해서 막상막하를 이룰 수 있었다. 그것만으로도 기적이라고 할 수 있다.

"한 가지 소식이 더 있소."

덕후의 표정이 굳은 것을 보고 화용군은 좋지 않은 예감을 받았다.

"용군단이 남천왕과 손을 잡을 것 같소."

그의 말에 화용군과 천보, 한련, 그리고 적하신니까지 어? 하는 표정을 지었다.

"그 말을 어디에서 들었소?"

덕후는 아직 분위기를 짐작하지 못하고 얼굴이 더욱 진지해졌다.

"무련공주에게 직접 들었소. 그러면서 그녀가 동창에도 큰

돈을 주겠다고 약속했었소."

"그 계집이 또 뭐라고 말했소?"

남천왕에게 악이 받쳐 있는 화용군이라 그의 딸인 무련공주에 대해서 말이 곱게 나갈 리가 없다.

"내일 용군단 상단주나 최고 우두머리 총단주를 만날 건데 자기들을 도울 게 분명하다고 말이오."

덕후는 착잡한 표정으로 변했다.

"현재 용군단은 천하최대의 상단으로 부상했소. 용군단은 중원의 상권 사 할 이상을 장악했을 정도로 거대하오. 그런 용군단이 남천왕을 돕는다면 천군만마를 얻는 것이나 다름이 없소."

그는 화용군과 중인을 둘러보면서 초조하게 말을 이었다.

"우리가 먼저 용군단 사람을 만나봐야 하는 거 아니오? 그래서 용군단을 우리 쪽으로 끌어들이지는 못하더라도 남천왕하고 손을 잡는 것만은 막아야 하지 않겠소? 화 대협이 못 하겠다면 나라도 나서야 할 것 같소."

화용군이 고개를 끄떡였다.

"내가 나서겠소."

천보와 한련, 적하신니는 묘한 미소를 지었다.

다음 날 무련공주가 용군단 북경지단에 왕림한 것은 정오

무렵이었다.

북경 성내에서 번화하기로 손꼽히는 거리 한가운데에서도 가장 거대한 전각군이 바로 용군단 북경지단이다.

하루 종일 들고나는 사람들이 수천 명이고 마차와 수레가 수백 대씩 드나들기 때문에 용군단 북경지단의 전문은 항상 활짝 열려 있다.

무련공주가 탄 마차가 전문 안으로 들어서고 그 뒤를 말에 탄 십여 명의 고수가 당당하게 따랐다.

무련공주 일행은 안채 깊숙한 곳으로 안내되어 한동안 구불구불 안쪽으로 들어가 어느 작은 인공호수 옆의 아담한 단층 전각 앞에 이르렀다.

"어서 오세요."

호위고수가 열어주는 마차 문으로 화려한 옷차림의 무련공주가 내리자 기다리고 있던 한련이 다소곳이 고개를 숙이면서 맞이했다.

한련 옆에는 검을 멘 반옥정 혼자 서 있을 뿐이다. 화용군은 반옥정에게 한련을 지키라고 명령했었다.

천보는 호위무사가 많지만 한련 주위에는 대단한 실력자가 없기 때문이었다.

반옥정은 화용군 곁을 떠나는 것이 싫었지만 그의 명령을 거스르지는 못했다.

"총단주는 있나요?"

무련공주는 제 딴에는 다정하려고 애쓰면서 물었다.

"곧 오실 거예요. 안으로 드세요."

총단주가 곧 온다는 말에 무련공주는 얼굴을 펴고 한련의 안내를 받아 전각 안으로 들어갔다.

제71장

준비 완료

검박하고 단아한 접객실 한가운데 고풍스러운 탁자가 있고 양쪽에 한련과 무련공주가 서로 마주 보고 앉았으며, 한련 뒤에는 반옥정이, 무련공주 뒤에는 한 명의 청의 경장 차림의 고수가 당당하게 서 있었다.

　"식전이시죠?"

　"어떻게 하기로 했나요?"

　한련이 묻자 무련공주는 식사보다는 결과를 더 궁금하게 여겼다.

　"잠시 후에 총단주께서 오시면 그분께 직접 대답을 듣도록 하세요."

한련이 하녀들에게 요리를 차리라고 지시하자 숙수들과 하녀들이 일사불란하게 움직이면서 탁자에 종류가 많지는 않지만 정갈하고 향기로운 요리와 술, 밥 등을 차렸다.

요리가 다 차려지고 숙수와 하녀들이 물러나고 얼마 지나지 않아서 입구 쪽에서 누군가 들어오는 발소리가 들리자 반옥정이 공손히 말했다.

"주군께서 오십니다."

그 말에 한련과 무련공주는 반사적으로 발딱 일어섰다.

평소의 무련공주라면 이런 상황에서 절대로 일어나지 않았을 것이다.

아니, 몸소 용군단 북경지단 같은 곳에 오지도 않았다. 필요한 사람이 있을 경우 부르면 된다.

하지만 지금 남천왕은 자금이, 그것도 어마어마한 자금이 필요하기 때문에 저자세일 수밖에 없는 것이다.

이곳은 따로 문이 없어서 전각 안으로 들어섰다가 왼쪽으로 꺾으면 바로 접객실이 나타난다.

잠시 후에 수염을 깨끗하게 깎은 훤칠한 모습의 화용군이 당당한 자세로 모습을 나타내더니 곧장 두 여자를 향해 성큼성큼 걸어왔다.

"어서 오세요."

한련은 화용군에게 살짝 고개를 숙이면서 화사한 표정을 지었다.

그런데 무련공주는 경직된 듯 놀라는 표정으로 화용군을 말끄러미 바라볼 뿐이다.

전혀 예상하지도 않게 용군단의 최고 우두머리인 총단주 화용군이 잘생겼기 때문이다.

그냥 잘생긴 게 아니라 무련공주는 이날까지 저런 미남을 한 번도 본 적이 없었다.

그녀가 사랑했던 사무열도 잘생겼지만 화용군에 비하면 큰 차이가 날 정도다.

한련은 무련공주가 화용군을 보고 얼빠진 표정을 짓는 것을 보고는 입가에 보일 듯 말 듯 의기양양한 미소를 짓고는 말문을 열었다.

"공주님, 총단주이십니다."

"아……."

무련공주는 깜짝 놀라더니 자신의 실수를 깨닫고 얼굴을 살짝 붉혔다.

"처음 보는군요. 나는 주아상이라고 해요."

그녀는 평소 남들에게 자신을 소개할 때 무련공주라고 하지만 지금은 자신의 이름을 밝혔다.

"군용(君龍)이오."

화용군은 자신의 이름을 거꾸로 '군용'이라고 대충 소개
했다.

"앉읍시다."

화용군이 자리를 권하고 세 사람이 앉아 식사를 시작했다.

무련공주는 식사를 하는지 마는지 화용군을 보느라 정신
이 없었다.

화용군은 비단 용모만 절륜할 뿐 아니라 목소리는 굵직하
면서도 청아하고, 분위기며 행동거지 하나 나무랄 데가 없었
기에 무련공주는 이성 간의 그런 것보다는 화용군을 무슨 하
늘이 창조한 예술품을 보듯이 감상했다.

화용군은 무련공주가 먼저 말을 꺼낼 때까지 아무 말도 하
지 않고 묵묵히 식사만 했다.

한련은 화용군 옆에 다소곳이 앉아서 자신은 아예 식사를
하지 않고 그가 식사를 수월하게 하도록 이것저것 시중을 드
는데, 그 모습이 영판 부인의 그것이었다.

무련공주는 그런 모습을 보고는 의도하지 않게 불쑥 물었
다.

"두 분은 어떤 사이인가요?"

한련이 자랑스럽게 대답하려는데 화용군이 담담하게 말했
다.

"보다시피 총단주와 상단주 관계요."

"네……."

문득 무련공주 얼굴에 안도하는 기색이 스치는 것을 화용군은 놓치지 않았다.

화용군이 자신들 두 사람을 단지 수상수하의 관계라고 하자 한련은 내심 서운했으나 무련공주의 표정을 보고는 그가 어쩌면 미남계(美男計)를 덧붙이려는 게 아닌가 생각했다.

화용군은 무련공주가 자신을 향해 고혹한 미소를 지으면서 자꾸 힐끔거리는 걸 보고 실소를 금하지 못했다.

어느덧 식사가 끝나갈 즈음에 무련공주가 용건을 꺼냈다.

"용군단이 우릴 도와주면 장차 천하의 상권을 지배하도록 해주겠어요."

"어떻게 말이오?"

"내 아버님께서 황제가 되시면 황궁과 관이 물심양면 용군단을 돕게 될 거예요."

"흠."

화용군은 쓰다 달다 내색하지 않고 가볍게 고개를 끄떡였다.

"이를 테면 자금성이 전매(專賣)하고 있는 소금이나 유황 등 특수한 물건들을 용군단이 대행해서 판매할 수 있도록 하겠어요. 아마 그 수익은 막대할 거예요."

만약 무련공주 말대로라면 장차 용군단은 천하의 돈을 갈

퀴로 긁어모으게 될 것이다.

"뿐만 아니라 황궁과 관에서 사용하고 소비하는 모든 물건을 용군단에서 도맡아서 대도록 하겠어요."

무련공주가 방금 말한 두 가지만 제대로 약속을 지켜준다면 용군단으로서는 더 바랄 것도 없다. 물론 용군단이 정말 남천왕을 도우려고 한다면 말이다.

화용군은 좀 더 군침 도는 향긋한 미끼를 던졌다.

"다른 건 어떻소?"

무련공주는 긴장한 표정을 지었다. 그러면서도 화용군을 바라볼 때 눈웃음을 치는 등 유혹적인 표정을 짓는 것을 잊지 않았다.

"무엇을 원하는지 말씀해 주세요."

그녀는 평소의 안하무인적인 언행하고는 달리 화용군을 극상으로 대했다.

"내가 부마가 될 수 있겠소?"

"……."

전혀 예상하지 못했던 말에 무련공주는 의아한 표정을 짓더니 그 말뜻을 이해하고는 놀라서 눈을 동그랗게 떴다. 그러고는 흑백이 또렷한 눈을 깜빡거리는 모습이 여간 유혹적이지 않았다.

'이분이?'

한련은 깜짝 놀랐으나 화용군이 뭔가 속셈이 있을 것이라 생각하고 내색하지 않으려 애썼다.

무련공주는 어지간히 놀랐는지 한참이 지나서야 화용군을 똑바로 주시하며 물었다.

"저와 혼인하시겠다는 말씀인가요?"

"그렇소."

"아……."

무련공주는 내심의 놀라움과 기쁨을 속으로 감춰야 한다는 사실을 잊고 나직한 탄성을 흘리고 말았다.

몹시 놀랐지만 그보다는 기쁨이 더 컸다. 그녀는 불과 며칠 전에 남편이나 마찬가지인 사무열이 비참하게 죽었다는 사실을 이 순간 까맣게 망각하고 있었다.

그런 반응으로 이미 그녀의 대답을 들은 것이나 다름이 없지만 화용군은 확인을 했다.

"만약 나와 그대가 혼인을 한다면 그보다 확실한 보증은 없을 것이오."

무련공주 얼굴이 잘 익은 사과처럼 붉어졌다. 그녀의 마음속에는 사무열이라는 존재는 깨끗이 사라진 상태다.

"저를… 사랑하시지도 않으면서……."

"처음 만나자마자 사랑하는 사람은 없소. 사랑은 시간이 흐르면서 무르익는 것이오."

"그… 렇기는 하죠."

무련공주는 조심스러우면서도 매우 기쁘고 흥분한 표정을 감추지 못했다.

"내 제의를 어떻게 생각하오?"

"저는……."

무련공주는 몹시 부끄러워하면서 금세 스스로의 호칭을 바꾸었다.

"소녀는 찬성이에요."

"남천왕 전하께선 어떻게 생각하실지……."

화용군은 슬쩍 말끝을 흐렸다.

"아버님께선……."

무련공주는 문득 표정이 어두워졌다.

화용군은 그녀가 어떻게 나올지 궁금했으나 내색하지 않으면서 젓가락을 내려놓고 하녀가 주는 차를 받아 느긋하게 마셨다.

그의 그런 행동은 전혀 서두를 게 없다는 의미로 무련공주에게 받아들여졌다. 할 테면 하고 그만두려면 그만두자는 것이다.

"내가 직접 남천왕 전하를 뵙고 그분의 허락을 받으면 이 일이 성사되는 것으로 믿겠소."

기실 화용군은 무련공주를 앞세워서 남천왕부에 당당하게

들어가려는 것이다.

뿐만 아니라 남천왕부 금궁이라는 곳에 깊숙이 숨어 있는 남천왕 앞에까지 그를 안내해 준다면 그거야말로 더할 나위가 없을 터이다.

무련공주의 얼굴에는 갈등하는 기색이 역력하게 떠올랐다. 그녀는 자신에게 찾아온 이 엄청난 행운을 놓치고 싶지 않았다.

그녀가 보기에 화용군은 무엇 하나 흠잡을 데 없이 완벽한 남자이며 신랑감이다.

남천왕도 그를 보면 마음에 들어 할 것이다. 그러나 부친은 지금 금궁에서 중상을 치료하고 있는 중이라서 외인을 만나기는 어려울 것이라 고민을 하고 있는 것이다.

화용군은 아예 쐐기를 박았다.

"나는 이번에 외국에 몇 년 동안 다녀와야 하기 때문에 황도에 머무는 동안 이 일을 매듭짓고 싶소."

"하아……."

무련공주는 부지중 한숨을 길게 내쉬고는 자신의 한숨 때문에 약간 당황해서 손을 저었다.

"미안해요. 오해하지 마세요."

그녀는 조심스럽게 물었다.

"언제 외국으로 떠나시나요?"

"사흘 후에 떠나오."

무련공주 얼굴이 눈에 띄게 어두워졌다.

"몇 년 후에나 오신다면서 소녀와 혼인은 어떻게……."

"남천왕 전하께서 허락하신다면 떠나는 것을 며칠 미루고 그대와 혼인 후에 함께 떠나고 싶소."

"아아……."

무련공주는 너무 놀랍고 또 기뻐서 궁둥이가 의자에서 한 자나 떨어졌다가 다시 앉았다.

화용군은 그녀가 꼼짝할 수 없도록 칭칭 올가미를 감았다.

"솔직하게 말하면 나는 오래전부터 그대 무련공주를 흠모하고 있었소."

"아……."

무련공주는 꿈을 꾸는 듯한 표정을 지었다.

"그랬기 때문에 조금 전에 내가 한 말은 즉흥적인 것이 아니오. 나는 이날이 오기를 학수고대했었소. 그런데 하늘이 무심하지 않아서 내 소원을 들어주신 것이오."

"아아… 그러셨군요."

한련은 무련공주의 표정만 보고서도 그녀가 화용군에게 흠뻑 빠졌다는 사실을 알 수 있었다.

여자란 한 번 눈에 뭐가 씌워지면 아무것도 보이지 않는 법이다.

화용군이 계획적으로 그런다는 사실을 짐작하면서도 한련은 괜히 질투가 났다.

그렇지만 지금은 매우 중요한 순간이기 때문에 한련이 자칫 내색이라도 하는 날에는 큰일을 망치기 십상이라서 최대한 조심하고 있다.

무련공주는 초조한 표정을 짓더니 이윽고 조심스럽게 입을 열었다.

"단둘이 말할 수 있을까요?"

한련이 일어나서 복도로 앞장섰다.

"이리 오세요."

탁!

복도 끝 방의 문을 닫은 후에 문 앞에 한련이 서 있는 것을 보고 저만치 탁자 옆에 서 있는 무련공주의 호위고수가 이쪽으로 오라고 손짓을 했다.

한련은 두 사람이 방 안에서 무엇을 하는지 궁금했지만 발길을 돌릴 수밖에 없었다.

"사실은……."

두 사람은 실내에 마주 보고 서 있으며, 무련공주가 망설이면서 말을 꺼냈다.

"아버님께서 편찮으세요."

"그렇소?"

화용군은 애써 염려하는 표정 같은 건 짓지 않았다. 어설픈 행동보다는 차라리 하지 않는 게 좋다.

그는 단도직입적으로 물었다.

"그대는 나를 어찌 생각하오?"

"소녀는……."

무련공주는 사르르 얼굴을 붉히면서 몸을 꼬며 교태를 부리듯이 속삭였다.

"당신이 마음에 들어요."

"그저 마음에 드는 정도요?"

말은 그렇게 하고 있지만 그는 미간을 좁히면서 와락 인상을 썼다. 원수의 딸과 마주 서 있는 것이 마음에 들지 않기 때문이다.

"소녀는……."

그는 자신이 인상을 쓰는 것이 들킬 것 같아서 급히 손을 뻗어 그녀의 허리를 안아 가볍게 잡아당겼다.

슥—

"아!"

그녀는 화들짝 놀랐다. 하지만 그의 품에 살포시 안긴 채 저항하지 않았으며 오히려 뺨을 가슴에 가만히 댔다.

화용군은 원수의 딸인 그녀의 정수리를 굽어보며 순간적

으로 살심이 확 일었으나 억눌러 참았다.

그런데 무련공주가 그의 품에서 벗어나지 않고 오히려 가슴을 밀착시키면서 몸을 조금씩 꿈틀거렸다.

"놀랐잖아요……."

그러더니 그녀는 하체를 슬쩍 부딪쳐 왔다.

"당신을 만난 지 겨우 반 시진도 되지 않았는데 마음에 든다는 것은 대단한 거예요. 그런데도 더 뭘 바라는 건가요. 욕심쟁이."

"시간이 중요하오?"

"그럼 뭐가 중요한가요?"

화용군은 무련공주가 이제 십팔 세라고 알고 있는데 나이에 비해서 조숙한 건지 음탕한 건지 모를 일이다. 그녀는 허리를 살랑거리면서 더욱 코 먹은 소리를 냈다.

"뭐가 중요한지 말씀해 보세요."

'이년!'

화용군의 가슴에서 불끈! 하고 불길이 솟구쳤다. 그는 지금 당장 무련공주의 목을 움켜잡아 몸뚱이에서 분리하고 싶은 것을 겨우 참았다.

그는 자신이 이처럼 감정을 주체하지 못할 거라면 아예 이런 계획 따윈 세우지 말았어야 한다고 생각했다. 사실 이 계획은 아까 밥을 먹다가 급조한 것이었다.

그러니까 지금이라도 무런공주를 죽이고 바깥에 있는 호위고수들마저 깡그리 죽여 버리면 깨끗하다.

그렇지만 남천왕을 죽일 수 있는 기회는 사라질 것이다. 그를 죽이지 못하면 원수를 갚지 못하는 것이고 동명왕을 황위에 앉히지 못하게 된다.

그러나 그것으로 끝이 아니다. 남천왕이 황제가 된다면 화용군을 비롯하여 꽤 많은 사람이 죽을 때까지 음지에서 숨죽이고 살아야 할 것이다.

지금 화용군 품에 안겨 있는 계집년은 그를 남천왕 앞까지 편안하게 데려다줄 안내자인 것이다. 그러니 죽이면 후회할 것이 분명하다.

그때 무런공주가 그의 품에서 빠져나가 한 걸음 물러서더니 그를 빤히 올려다보며 맹랑하게 말했다.

"소녀를 오랫동안 연모했다는 것을 어디 증명해 봐요."

순간 화용군의 두 눈에서 불길이 뿜어졌다. 강렬한 살심이지만 그녀는 그것을 열정이라고 착각했다.

아주 짧은 순간 화용군는 갈등에 휩싸였다. 이 계집년을 당장 죽여 버리느냐 참느냐는 것이다.

확!

"아!"

그는 별안간 손을 뻗어 무런공주의 몸을 홱! 잡아채듯이 돌려세웠다.

그러고는 그녀를 벽을 보게 세워놓고 바닥에 끌리는 긴 치마를 걷어 올렸다.

"아… 뭘 하려는 거예요……?"

그러나 화용군은 대답하지 않고 그녀의 두 손으로 벽을 짚고 허리를 굽히게 하고는 치마를 허리까지 걷어 올리고 속곳을 잡아채서 뜯어냈다. 그러자 달덩이처럼 하얀 탐스러운 둔부가 덜렁 나타났다.

"당신……."

"얼마나 사랑하는지 보여달라고 했나?"

"그렇지만 이건……."

그는 그녀에게 바싹 다가들어 손으로 뽀얗고 토실토실한 계곡 속을 유린하기 시작했다.

"아아… 그만둬요……."

그녀는 말로는 그만두라고 하면서도 다리를 더 벌리고 둔부와 허리를 야릇하게 꿈틀거리면서 그의 손길에 반응했다.

화용군은 바지를 내리고 하체를 그녀의 둔부로 가까이 가져가며 중얼거렸다.

"내가 보여줄 수 있는 것은 이런 거다."

그의 단단한 칼이 무련공주의 계곡 깊은 숲 한가운데를 정확하게 찔렀다.

"아앗!"

그녀는 자지러지며 정말 칼에 찔린 것처럼 희멀건 궁둥이와 몸을 버둥거렸다.

그렇지만 졸졸 물을 흘려내던 옹달샘은 칼을 더욱 깊숙이 빨아들였다.

"아아… 날… 죽이려는 건가요……? 이런 엄청난 것을……."

"이제 알겠나?"

그는 두 손으로 벽을 잡고 바들바들 떨고 있는 그녀의 상의마저도 벗기고는 두 손으로 젖가슴을 짓이겼다.

"아아… 알겠어요… 그리고 소녀도 당신을 사랑해요……."

그녀는 미친 듯이 꿈틀거리면서 둔부를 움직였다.

화용군은 원평포구로 가지 않고 북경 성내의 소요원으로 돌아왔고 한련과 반옥정도 그를 따라왔다.

원평현은 북경에서 오십여 리 떨어진 곳이라서 천보가 호위고수 호랑과 함께 조심을 기해서 올 수 있었지만 북경 성내로 들어오는 일은 위험하다.

더구나 지금은 성내에 오대문파와 수많은 무림고수가 득실거리고 있어서 천보가 성내에 들어오려면 목숨을 걸어야 한다.

그래서 그녀는 적하신니와 함께 돌아가서 화용군의 연락을 기다리기로 했다.

반면에 방방이나 덕후 같은 사람들은 화용군이 성내 소요원으로 돌아온 덕분에 그를 만나는 일이 한결 쉬워졌다.

화용군은 수염을 길렀을 때나 수염을 깎았을 때에도 그를 알아보는 사람이 없어서 서생 차림으로 변복을 하면 거리를 활보해도 아무도 그를 잡지 않았다.

"저는 죽어버린 영웅보다는 살아서 제 곁에 계신 용 대가를 원해요."

천보는 원평포구에서 헤어지기 전에 간절한 얼굴로 화용군에게 그런 말을 했었다.

그 말은 지금도 화용군의 가슴속에 화인(火印)처럼 깊이 새겨져 있다.

그 역시 죽는 것은 원하지 않는다. 원수를 갚은 후에 천보, 한련과 함께 오순도순 살고 싶다.

화용군은 저녁 식사도 하지 않고 소요원에서 연공실로 사용하던 방에 틀어박혀 두문불출 꼼짝도 하지 않았다.

두 가지 일 때문이다. 하나는 무련공주하고의 일 때문에 한련에게 미안한 마음이 들어서고, 또 하나는 금강명해를 진지하게 새로 연구해 보려는 것이다.

'마음이 가면 몸도 간다는 것인가?'

화용군은 방바닥에 가부좌의 자세로 앉아서 그날 남천왕과 싸웠을 때의 상황을 곰곰이 되짚어서 생각해 보았다.

그 당시 그는 절체절명의 위기가 두 차례 있었는데 그때마다 뒤로 물러서야 하고, 왼쪽으로 이동해야 한다고 마음속으로 간절하게 원하면서 외쳤었다.

그랬더니 진짜 몸이 뒤로, 그리고 왼쪽으로 원래부터 그 자리에 있었던 것처럼 찰나지간에 이동했었다.

'뒤로 가자.'

그는 그때 같은 상황이 일어나기를 기대하면서 마음속으로 중얼거리며 자신의 몸에게 명령했다. 그러나 몸은 그 자리에서 꼼짝도 하지 않았다.

'뒤로 가자!'

이번에는 좀 더 강력한 마음으로 내심 외쳤지만 그래도 여전히 요지부동이다.

'뭐가 문제인가……'

다시 머리를 싸매고 궁리에 들어갔다. 그러다가 어느 순간 그의 뇌리를 번뜩 스치는 것이 있다.

'야차도가 사라지고 대신 강기가 발출된다.'

금강명해를 터득한 이후 가장 큰 변화는 야차도 대신 강기가 발출된다는 사실이다.

'강기가 야차도를 대신하는 것인가?'

문득 남천왕이 공력으로 만들어냈던 무형검이 생각났다. 그는 강기를 발출할 뿐만 아니라 무형검을 진짜 검처럼 만들어내서 사용하기도 했었다. 또한 그는 무형검과 강기를 자유자재로 사용했었다.

'강기가 도검이 되기도 하고 몸을 순간적으로 이동시켜 주는 것이라면?'

한련은 방 침상에 혼자 다소곳이 앉아서 착잡한 표정을 짓고 있었다.

그녀는 용군단 북경지단에서 화용군과 무련공주가 따로 단둘이 방에 들어가서 무엇을 했는지 짐작하고 있다.

한련과 반옥정, 그리고 무련공주가 데리고 온 호위고수는 두 사람이 있는 방에서 꽤 멀리 떨어져 있었지만, 몹시도 조용한 가운데 그 방에서 무련공주의 격렬한 비명에 가까운 신음 소리가 크게 흘러나왔기 때문이다.

그 신음 소리를 듣고 두 사람이 무엇을 하고 있는지 짐작하지 못하는 사람은 없었을 것이다.

물론 한련도 여자이고 화용군의 아내이기에 그 당시에는

몹시 속이 상했었다.

하지만 화용군이 왜 그래야만 했는지 알고 있으며, 원수의 딸인 무련공주를 죽이고 싶었을 텐데도 그렇게 할 수밖에 없었다면, 그때의 상황이 그랬을 것이라고 생각했다.

그런 것들을 이해할 수는 있는데 용서가 되지 않았다. 어쨌든 화용군은 한련의 남편인 것이다.

화용군이 저녁 식사를 하지 않은 바람에 한련도 밥을 먹지 않은 채 실내에 불도 켜지 않고 침실 침상에 오롯이 앉아서 화용군과 무련공주의 그 일을 곱씹고 있었다.

아니, 잊으려고 애쓰면 애쓸수록 더욱 생각이 나서 그녀를 괴롭혔다.

'내가 이렇게 속이 좁았었나?'

한련은 괜히 속 좁은 자신을 꾸짖었다.

그녀는 손바닥으로 자신의 뺨을 가볍게 찰싹찰싹 때렸다.

"질투는 용 대가를 욕보이는 거야. 그만해라, 련아."

척—

그때 불쑥 문이 열리고 화용군이 들어서자 한련은 화들짝 놀라서 발딱 일어섰다.

"용 대가……."

"왜 네 뺨을 때리는 거지?"

"그건……."

한련은 당황하여 얼굴이 빨개져서 더듬거렸다.

슥—

화용군은 침상에 걸터앉으면서 한련을 당겨 자신의 무릎에 같은 방향을 보고 앉혔다.

"련아."

"네."

화용군은 한련의 아랫배에 두 손을 포개고는 고개를 숙여 그녀의 귓가에 대고 속삭였다.

"미안하다."

"……."

한련의 여린 몸이 움찔 떨렸다. 화용군의 키와 체구가 워낙 큰 탓에 그녀는 마친 어린 딸이 아빠에게 안겨 있는 것 같은 모습이다.

한련은 어깨를 들먹이며 울었다.

"죄송해요… 못난 꼴을 보여서……."

"련아."

"네……."

"너와 천보를 사랑하는 내 마음은 죽을 때까지 변함이 없을 것이다."

한 번도 그런 말을 한 적이 없었던 화용군에게서 그런 말을 들은 한련은 온몸이 찌르르 저릴 정도로 깊은 감동을 받아 몸이 더욱 떨렸다.

"알아요…….."

그의 손이 그녀의 앞섶을 풀고 가슴을 어루만지고 다른 손은 치마를 걷어 허벅지 안으로 미끄러져 들어갔다.

"지금부터 내가 얼마나 너를 사랑하는지 보여주마."

"아아… 용 대가…….."

문 밖에 우뚝 서 있는 반옥정은 문 틈 사이로 새어 나오는 한련의 자지러지는 비명 소리를 들으면서 슬쩍 미간을 좁히며 조그맣게 중얼거렸다.

"저 색골. 또…….."

반옥정은 문득 고개를 갸웃거렸다.

'나도 치마를 입어볼까?'

그러나 그녀는 자신의 치마 입은 모습을 상상하고는 질겁하고 말았다.

'윽! 그냥 이렇게 사는 게 낫다.'

제72장

야
차
와
세
미
녀

　화용군은 누군가 자신의 몸을 쓰다듬는 느낌에 잠에서 깼
으나 눈을 뜨지는 않았다. 그 사람이 한련이라는 것을 알기
때문이다.

　똑바로 누워 있는 화용군 몸 위에 엎드려 있는 한련은 그의
가슴에 뺨을 대고 손으로 그의 얼굴과 귀, 목, 어깨를 부드럽
게 쓰다듬고 있었다.

　그녀가 흘린 눈물이 가슴을 흥건하게 적시고 있는 것을 화
용군은 느꼈다.

　그녀는 지금 성스러운 이별의식을 행하고 있는 것이다. 어

쩌면 다시는 못 보게 될지도 모르는 화용군의 품에 안겨서 그의 체취를 맡고 그의 몸을 쓰다듬으면서 기억 속에 꼭꼭 집어넣고 있는 것이다.

오늘 정오에 화용군은 남천왕을 만나러 간다.

무련공주와의 일이 잘된 덕분에 그녀가 화용군을 정식으로 초대한 것이다.

특별한 일이 없는 한 오늘 정오에 무련공주의 안내로 화용군은 남천왕과 마주하게 될 것이다.

행운이 따라준다면 그가 남천왕을 죽일 수도 있지만, 반대의 경우에는 남천왕을 죽이지 못하고 오히려 그가 당하게 될지도 모른다.

화용군은 걱정하지 말라고 몇 번이나 말했지만 한련이 봤을 때 그가 남천왕을 죽일 확률은 반반이다.

그리고 남천왕을 죽였다고 해도 남천왕부에서 탈출할 확률 역시 반반이다.

그렇게 따지면 그가 남천왕부에 들어갔다가 살아서 나올 확률이 사분지 일이라는 얘기다.

그것은 그의 생존보다 죽음의 확률이 두 배나 높다는 뜻이기도 하다.

그렇기 때문에 한련은 오늘 아침 눈물을 흘리면서 혼자만의 이별의식을 행하고 있는 것이다.

슥—

화용군은 눈을 뜨면서 두 손을 뻗어 그녀를 가만히 안고 중얼거렸다.

"실패할 것 같으면 즉시 도망쳐 오겠다."

한련의 눈물로 흠뻑 젖은 눈이 동그랗게 커지고 기쁨이 충만해졌다.

"정말이죠?"

화용군은 빙그레 미소 지었다.

"그래. 원수를 갚는 것도 중요하지만 너희와 행복하게 사는 것이 더 중요하다."

"아… 여보……."

한련을 안심시키려고 말은 그렇게 했으나 그는 무슨 일이 있어도 남천왕을 반드시 죽일 각오다.

위험한 상황이라고 해서 목숨이 아까워 물러선다는 것은 있을 수도 없는 일이다.

한련은 그가 반드시 돌아올 것이라는 믿음으로, 그는 기필코 남천왕을 죽이고 살아서 돌아와야 한다는 각오로 서로를 깊이 꼭 끌어안았다.

*   *   *

화용군에게 두 가지 기쁜 소식이 기다리고 있었다.

대풍보에서 황궁태사를 찾아내서 데리고 있다는 것이고, 반옥정의 잃어버린 유일한 혈육인 여동생 반여상을 용군단 광성전에서 찾아냈다는 것이다.

황궁태사는 선황의 유언장을 지니고 있었으며, 황족의 최고 어른인 금룡왕이 직접 개봉해 보니까 다음 대 황제로 동명왕을 지명한다는 유시가 적혀 있었다.

화용군은 아침 식사를 하기 위해서 침실을 나왔고 반옥정이 그림자처럼 뒤따랐다.

식당으로 사용하는 방에는 하녀들이 커다란 탁자에 분주하게 요리들을 차리고 있었다.

그리고 한옆에는 네 사람이 서 있는데 남루한 옷차림의 젊은 부부와 두 명의 아이다.

이십 대 초반의 여자는 예쁜 용모지만 고생을 너무 한 탓인지 꼬락서니가 말이 아니고 그래서인지 삼십 대로 보였다.

돌이 갓 지난 아기를 안고 있는 남자는 평범한 외모에 잔뜩 주눅 든 모습이다.

그리고 부부로 보이는 두 사람 사이에는 서너 살가량의 여자아이가 서서 새카만 눈에 호기심을 가득 담은 채 주위를 두

리번거리고 있었다.

저벅저벅…….

안으로 들어선 화용군을 한련이 맞이하고, 반옥정은 실내를 둘러보다가 남루한 부부를 발견하고는 이상하다는 표정을 지었으나 곧 시선을 거두었다.

화용군은 천천히 남루한 부부 쪽으로 걸어가고 그 뒤를 반옥정이 따랐다.

그런데 남루한 여자가 반옥정의 얼굴에서 눈길을 떼지 못하면서 눈물을 흘리기 시작했다.

화용군이 여자 앞에 멈춰서 말을 꺼내려고 하는데 여자가 먼저 울면서 흐느꼈다.

"언니……."

그녀는 폭포처럼 눈물을 흘리면서 반옥정을 바라보았다.

"옥정 언니… 나야 여상……."

"……."

반옥정은 움찔하며 그녀를 쳐다보았다.

"네가……."

"으흐흑… 언니가 살아 있을 줄 몰랐어… 흐어엉!"

여자 반여상은 어린아이처럼 울음을 터뜨리며 비틀비틀 반옥정에게 다가갔다.

한련이 미소 지으며 설명했다.

"용 대가의 명령으로 오래전부터 반여상이라는 여자를 찾고 있었는데 다행히 좋은 결과를 얻었어요."

반옥정은 화용군을 쳐다보는데 눈까풀이 심하게 떨리고 뺨과 입술도 울음을 터뜨리기 직전처럼 씰룩였다.

"주… 군."

화용군은 빙그레 미소 지으며 그녀에게 전음을 보냈다.

[색골도 가끔 쓸모가 있는 것 같지 않으냐?]

반옥정은 찔끔했다가 바로 앞까지 다가온 반여상을 바라보며 난생처음 눈물을 흘렸다.

"여상아… 네가 진정 여상이로구나……."

"그래… 언니……."

반옥정과 반여상이 아주 어렸을 때 그녀들 앞에서 모친과 언니가 강도들에게 윤간을 당한 후에 잔인하게 죽음을 당하는 광경을 목격했었고, 그 이후에 어린 자매는 뿔뿔이 헤어졌었다.

와락!

"언니!"

"여상아!"

십육 년 만에 극적으로 상봉한 기구한 자매는 서로를 힘껏 끌어안으면서 울음을 터뜨렸다.

＊　　　＊　　　＊

덜그럭… 덜걱…….

한 대의 화려하고 큰 마차가 당당한 호위무사들에 둘러싸여 대로를 굴러가고 있다.

넓은 마차 안에는 화용군과 반옥정이 마주 보고 좌식의자에 앉아 있다.

두 사람은 지금 작은 실랑이를 벌이고 있는 중이다. 화용군은 남천왕부에 혼자 들어가겠다고 하고 반옥정은 죽어도 혼자는 못 보내겠다는 것이다.

"옥정아."

화용군의 부름에 반옥정은 듣기 싫다는 듯 고집스러운 얼굴로 고개를 세차게 가로저었다.

"얘기 끝났으니까 아무 말 마십시오."

"이 고집불통."

여기까지 오는 동안 화용군이 별별 방법으로 회유를 하고 협박, 명령을 했지만 그녀는 요지부동이었다.

덜거덕…….

남천왕부의 거대한 전문 앞에 멈춘 마차에서는 화용군 혼자만 내렸다.

열린 마차 문으로 안쪽에 반옥정이 꼿꼿한 자세로 앉아 있는 모습이 보였다.

사실 반옥정은 화용군에게 혈도가 제압되어 말도 못하고 손가락 하나 까딱하지 못하는 상태에서 얼굴이 붉으락푸르락하며 그를 한껏 노려보기만 할 뿐이다.

남천왕부의 전문은 활짝 열려 있었고, 무련공주가 진작부터 전문 밖에 나와서 화용군이 오기만을 눈 빠지게 기다리고 있었다.

다가닥…….

화용군이 손짓을 하자 어자석의 마부가 마차를 몰아 왔던 길로 돌아가고, 그 뒤를 따르던 몇 대의 수레가 줄지어 전문 안으로 들어갔다.

마차에는 용군단 총단주가 남천왕에게 바치는 온갖 진귀한 물건이 가득 실려 있었다.

"어서 와요."

무련공주가 우아하게 미소 지으며 화용군에게 다가와 살포시 고개를 숙였다.

"많이 기다렸소?"

"조금 전에 나왔어요."

하지만 사실 그녀는 약속 시간인 정오 반 시진 전부터 전문 앞에 나와서 기다리고 있었다.

또한 무련공주가 누군가를 직접 영접하는 경우는 이날까지 단 한 번도 없었다.

두 사람은 전문 안으로 들어서 나란히 걸어갔다.

무련공주는 살짝 그의 손을 잡으면서 고혹한 미소를 지으며 바라보았다.

"잘 지내셨어요?"

"그렇소."

"소녀는 한숨도 못 잤어요."

그녀는 어제 화용군을 찾아갔다가 느닷없이 정사를 하게 되어 거의 혼절 직전의 상황까지 도달했었다.

그런 황홀하고도 격렬한 정사는 태어나서 처음이었다. 그녀의 죽은 애인 사무열은 그처럼 까무러칠 것 같은 황홀함을 한 번도 선사한 적이 없었다.

그래서 무련공주는 남천왕부에 돌아오고 나서도 극도의 쾌락의 잔재가 오랫동안 몸 구석구석에 남아서 그녀를 자늑자늑 몸서리치게 만들었다.

그녀는 자신이 무엇 하나 흠잡을 데 없는 완벽한 남자를 만났다고 굳게 믿었다.

물론 부친을 설득하는 데 자신과 화용군의 속궁합까지 설명하지는 않았지만, 그것을 다른 형태로 많이 과장한 것만은 사실이다.

"그런데 어떻게 하죠?"

무련공주가 조금 곤란하다는 표정을 짓자 화용군은 가볍게 움찔하며 걸음을 멈추었다.

"전하를 만날 수 없는 것이오?"

무련공주는 그의 손을 놓지 않은 채 풍만한 가슴으로 그의 팔을 건드리며 살짝 눈을 흘겼다.

"뭐가 그렇게 급해요? 아버님께 우리들 혼인을 허락받는 일은 염려 말아요. 다만……"

"다만?"

"아버님께서 급한 볼일 때문에 조금 늦으신대요."

"음."

무련공주는 화용군의 굳은 표정을 살피고는 위로하듯이 말했다.

"사실 아버님께서 다치셨어요. 왕부 내의 은밀한 장소에서 치료 중이신데 당신을 만나기 위해서 특별히 나오신다는 거예요."

화용군은 다시 걸음을 옮겼다.

"많이 다치셨소?"

"네. 좀 심해요."

화용군은 무련공주가 어디까지 알고 있는지 궁금했다.

"전하처럼 지체 높으신 분이 어쩌다가 다치신 거요?"

"아버님께서 대명제국의 황위에 오르는 것을 방해하려는 흉악한 놈이 아버님을 습격했대요."

"저런……."

두 사람을 안내하는 인물은 지난번 무련공주와 함께 용군단 북경지단에 왔던 호위고수다.

그는 앞장서서 묵묵히 걸어가는데 주변의 고수들이 무련공주에게 정중히 예를 취했다.

화용군은 걸으면서 자연스럽게 주위를 둘러보며 지형과 호위고수들의 위치, 경비 따위를 기억해 두었다.

무련공주는 새빨간 입술을 삐죽거렸다.

"그놈은 탈명야차라는 악적인데 천하 곳곳을 돌아다니면서 온갖 흉악한 짓만 일삼는다는군요."

천하를 그리 많이 돌아다니지도 않았으며, 흉악한 짓은 해본 적이 없는 탈명야차가 물었다.

"그를 본 적이 있소?"

무련공주는 몸서리를 쳤다.

"없어요. 그 악적이 소녀를 보면 가만히 놔두겠어요? 아유! 무서워……."

그러면서 살짝 품속으로 파고드는 무련공주다.

정오에 약속을 했기 때문에 화용군은 무련공주와 단둘이

점심 식사를 했다.

오늘 무슨 일이 있어도 남천왕을 죽여야만 하는 화용군은 이대로 돌아갈 수가 없어서 무련공주가 하자는 대로 남천왕부 내를 여기저기 돌아다니다가 마지막에 그녀의 거처로 안내되었다.

"여긴 소녀의 거처예요."

남천왕부 뒤편 가장 아늑하고 빼어난 정원의 아름다움을 지니고 있는 곳에 그녀의 이 층 아담한 전각이 자리를 잡고 있었다.

호위고수는 거기에서 물러났다. 무련공주의 말에 의하면 자신의 거처인 무련궁(霧蓮宮)은 예로부터 금남(禁男)의 장소라는 것이다.

무련궁은 아담한 인공호수 한가운데 위치해 있으며, 선녀 같은 옷차림의 하녀 열 명이 무련궁으로 뻗은 멋들어진 운교 양쪽에 늘어서서 두 사람을 맞이했다.

화용군이 무련공주와 나란히 운교를 건너고 있을 때 뜻밖에 동창 태감 덕후의 전음이 들려왔다.

[곳곳에서 화 대협을 감시하고 있소. 조심하시오.]

화용군은 덕후를 찾느라 두리번거릴 수 없어서 그냥 걷는데 덕후의 전음이 이어졌다.

[그렇지만 무련궁은 감시에서 제외된 곳이오. 그런데 조금

전에 숭양검이 화 대협을 보더니 미심쩍은 얼굴로 연신 고개를 갸웃거리는 걸 봤소. 혹시 짚이는 게 있는지 잘 생각해 보시오.]

일전에 화용군이 감태정을 죽이려고 추격을 할 때 청성파 장로 숭양검과 점창파 장로 벽파신검은 마지막 순간에 도망쳤었다.

숭양검과 벽파신검은 싸우는 과정에서 화용군을 봤었다. 그때는 화용군이 수염을 길렀었고 지금은 면도를 한 모습이라서 긴가민가하는 걸 수도 있다.

만에 하나 숭양검이 화용군을 어디에서 봤는지 기억해 낸다면 큰일이다.

그렇다고 호랑이굴 깊숙이 들어온 지금 그것 때문에 모든 걸 포기하고 철수할 수는 없다.

"지루하세요?"

무련궁의 호수가 내다보이는 무련공주의 이 층 방에서 화용군이 무료하지 않도록 이것저것 신경을 쓰던 그녀가 조심스럽게 물었다.

"괜찮소."

창가에는 매우 푹신하고 긴 장의자가 놓여 있었다. 호피를 씌운 데다 꽤 넓고 길기 때문에 대여섯 명이 앉아도 넉넉하고 오수에 잠길 때는 잠을 자도 될 듯했다.

화용군은 그 장의자에 앉아 있었다. 일어서면 바깥에서 보일 것 같기 때문이다.

그는 분위기가 심상치 않음을 느꼈다. 이곳에 단둘이 좀 더 오래 있다가는 무련공주가 유혹을 할 것만 같았다.

여기까지 와서 그녀를 뿌리친다면 다 된 밥에 재를 뿌리는 일이나 다름이 없다. 그래서 그는 그런 일이 일어나지 않기를 빌었다.

슥—

"그럼 소녀가 재미있는 이야기 해드릴까요?"

무련공주가 그의 옆에 앉으며 말했다.

"옛날 소녀 어릴 때 겪었던 일이에요."

화용군은 그녀를 쳐다보다가 한순간 멈칫했다. 창으로 쏟아져 들어오는 햇살을 받으며 앉아 있는 무련공주의 자태가 너무도 우아하고 아름다웠기 때문이다.

단지 미모와 몸매, 자태만으로 친다면 무련공주는 천보나 한련, 유진과 견주어도 손색이 없을 정도였다.

그녀가 남천왕의 딸로 태어나서 화용군의 이용물이 되는 것은 그녀의 기구한 운명일지도 모른다.

슥—

"그래서 말이에요. 어멋?"

무련공주는 자연스럽게 화용군의 팔을 쓰다듬다가 깜짝 놀라는 표정을 지었다.

"왜 이렇게 경직되어 있어요? 긴장한 거예요? 아버님 만나는 것 때문에?"

화용군은 가볍게 표정이 변했으나 고개를 끄떡였다.

"그런 것 같소."

"아하하하! 용 상공처럼 대범한 분도 이렇게 긴장할 때가 있군요?"

사실 화용군은 잠시 후에 남천왕과 대면하고 또 그를 죽여야 한다는 것 때문에 몹시 긴장했는데 그것 때문에 몸이 단단하게 경직됐던 모양이다.

무련공주는 손을 내려서 그의 허벅지를 부드럽게 쓰다듬으며 위로했다.

"아버님은 소녀를 애지중지하시니까 너무 염려하지 말아요. 소녀를 위해서라면 아버님은 무슨 일이라도 하실 거예요. 그런데 소녀가 데려온 당신을 무섭게 대하시겠어요?"

"그렇소?"

"그럼요. 오라버님이 탈명야차에게 비참하게 죽음을 당한 후부터는 아버님의 사랑이 더욱 커졌어요. 지금껏 소녀의 부탁을 들어주시지 않은 적이 한 번도 없었다니까요?"

화용군은 현재 자신의 최대 무기는 무련공주라는 사실을

다시 한 번 확인했다.

무련공주와 함께 행동한다면 무조건 절반 이상은 접고 들어갈 수 있다.

그리고 최악의 경우가 닥칠 때에도 무련공주만 잡고 있으면 방패막이가 돼줄 것이다.

'어차피 호랑이굴에 들어왔다. 남천왕을 죽이기 전에는 절대로 그냥 나가지 않겠다……!'

다행한 일이다. 무련공주는 화용군을 위로했을 뿐 다른 것은 원하지 않았다.

그리고 늦은 오후에 남천왕으로부터 만나겠다는 통보가 와서 두 사람은 서둘러 무련궁을 나섰다.

[화 대협, 일각 전에 숭양검이 남천왕을 만났소.]

운교를 건너고 있는데 또다시 덕후의 전음이 들렸다.

[남천왕을 만나지 마시오. 느낌이 좋지 않소. 더구나 남천왕도 화 대협의 얼굴을 알고 있잖소?]

화용군은 자신도 모르게 걸음이 느려지고 있었다.

[남천왕의 거처를 중심으로 고수들이 모여들고 있소. 필경 숭양검이 화 대협을 알아본 게 분명하오.]

무련공주가 다정하게 팔짱을 꼈다.

"소녀가 옆에 있으니까 두려워하지 마세요."

화용군의 걸음이 자꾸 느려지니까 그가 긴장하는 것이라고 생각한 모양이다.

[화 대협, 지금이라도 여기에서 빠져 나가겠다면 내가 도울 수 있소.]

덕후의 목소리는 초조함으로 팽팽했다.

그렇지만 화용군은 이대로 강행할 계획이다. 만약 숭양검이 자신을 알아보고 남천왕에게 미리 알렸다면 나는 탈명야차가 아니라고 우길 생각이다.

수염을 덥수룩하게 길렀을 때와 깨끗이 깎았을 때의 모습이 판이하다고 믿어야 한다.

일단 남천왕 면전에 서기만 하면 된다. 그리고 옆에서 무련 공주를 떼어놓지 말아야 한다. 여차하면 그녀를 인질로 삼아도 좋을 것이다.

[화 대협…….]

덕후는 말을 잇지 못하다가 잠시 후에 착 가라앉은 목소리로 다시 전음이 이어졌다.

[화 대협의 뜻을 알겠소. 그렇다면 나는 남천왕부에 들어와 있는 동창고수들을 모두 모아서 남천왕 거처 주변에 배치시켜 두겠소. 일이 잘못되면 전력으로 화 대협의 활로를 열어주겠소.]

앞일이 어떻게 될지 모르지만 화용군은 덕후의 말만이라

도 고맙기 짝이 없었다.

　남천왕의 거처인 남천각(南天閣)은 또 하나의 높은 담으로 둘러쳐져 있는 대단한 규모의 삼 층 전각이었다.

　무련공주의 호위고수 한 명이 앞장서 안내를 하여 남천각으로 들어섰다.

　화용군은 표면적으로는 평화로워 보이는 전경이지만 정원이나 전각 주변 곳곳에 최소한 삼백 명 이상의 고수가 은둔해 있다는 사실을 간파했다.

　평소에도 이 정도 수의 고수들이 은둔해 있는지 아니면 오늘만 그런 것인지 모를 일이다.

　아무것도 모르는 무련공주는 화용군에게 도움이 될 만한 얘기들을 두서없이 이것저것 종알거렸다. 그녀는 무엇이 그렇게 좋은지 연신 환한 미소를 짓고 있었다.

　무련공주의 호위고수는 남천각 대전 입구까지 안내하고는 그 자리에 멈춰서고 거기서부터는 한 명의 중년인이 두 사람을 안내했다.

　"들어가시지요."

　무련공주는 여전히 화용군의 팔짱을 낀 채 중년인을 뒤따르며 물었다.

　"고 대장(高隊長), 아버님 기분 어때요?"

"공주님을 보시면 좋아지실 겁니다."

고 대장은 뒤돌아보며 빙그레 미소 지었다.

"그러실 거예요."

일행은 넓은 대전을 가로질러 계단을 올라 이 층으로 향했다.

남천각 일 층과 이 층 곳곳에는 수십 명의 고수가 삼엄하게 경계를 서고 있었다.

그들이 화용군과 무련공주에게 시선조차 주지 않는 것으로 미루어 잘 훈련된 고수들 같았다.

화용군은 자신의 손을 잡고 있는 무련공주에게 조용히 전음을 보냈다.

[공주, 무슨 일이 있어도 내 곁에서 한 걸음이라도 떨어지지 않을 자신이 있소?]

무련공주가 걸음을 멈추고 그를 쳐다보았다. 그녀는 화용군이 전음이 아니라 육성으로 말한 줄 알고 있다.

"알았어요."

그녀는 대답하고 그 말을 실천이라도 하는 듯 그에게 조금 더 바싹 달라붙었다.

척!

"들어가십시오."

고 대장은 어느 방의 문을 열어주고는 뒤로 물러섰다.

"들어가요."

무련공주는 이예 화용군의 손을 잡고 촐랑거리면서 안으로 이끌었다.

하지만 촐랑거리는 그녀하고는 달리 화용군은 극도로 긴장해서 재빨리 실내를 살펴보았다.

"……!"

순간 화용군은 몸이 굳어버렸다. 실내에 전혀 예상하지 않았던 광경이 벌어져 있었기 때문이다.

가로 세로 폭이 십여 장이나 되는 넓은 실내 한가운데에는 정확히 일곱 명이 앉아 있었고, 입구를 제외한 사방에는 벽을 등지고 백여 명이 벽을 형성한 채 당당한 모습으로 서 있었다.

고수가 백여 명 넘게 우글거리고 있다는 정도로는 화용군을 긴장시키지 못한다.

그렇지만 백여 명의 고수가 오대문파 사람들로 꽉 채워져 있다면 얘기가 조금 달라진다.

입구에서 칠팔 장 거리의 정면 상석에는 태사의가 하나 있으며, 거기에는 조금 초췌한 모습의 남천왕이 앉아서 들어서는 화용군을 주시하고 있다.

그리고 남천왕 앞쪽 좌우에는 세 명씩 여섯 명의 인물이 서로 마주 보는 자세로 의자에 앉아 있었다.

그들은 모두 오십 대 이상의 나이에 도가의 복장을 하고 있는 걸로 봐서 오대문파, 그것도 장문인들일 것이라고 화용군은 간파했다.

그들 여섯 명의 끄트머리, 그러니까 화용군 가까운 의자에 앉은 자가 바로 숭양검이었다.

청성파 장로인 숭양검이 말석에 앉아 있다면 다른 다섯 명은 필경 오대문파 장문인들일 것이다.

남천왕을 비롯한 오대문파 장문인들과 숭양검은 들어서는 두 사람, 아니, 화용군을 주시하고 있었다.

특히 남천왕과 숭양검은 보는 사람이 민망할 정도로 화용군을 뚫어지게 뜯어보듯이 주시했다.

남자가 수염을 덥수룩하게 길렀을 때와 깨끗하게 면도를 했을 때의 모습은 판이해서 잘 알아보지 못한다.

그렇지만 남천왕과 숭양검은 화용군과 불과 몇 걸음 거리에서 생사를 걸고 치열한 싸움을 벌였기에 어쩌면 알아볼 수도 있다.

화용군은 이런 국면에 처하고 보니까 긴장보다는 오히려 두둑한 배짱이 생겨서 어디 한번 해보자는 각오다.

"아버님! 저희들 왔어요."

화용군은 무련공주가 짤랑거리듯이 외치면서 몸이 앞으로 기우는 것을 보고 남천왕에게 가려 한다고 생각했다.

지금 그녀가 남천왕에게 간다면 그가 잡을 수 없고, 그러면 그는 철저하게 혼자가 된다. 방패막 없이 이들 모두를 상대해야 하는 것이다.

그렇지만 그녀는 약속한 것처럼 화용군의 손을 꼭 붙잡은 채 그의 옆을 지켰다.

"잘 보십시오, 전하. 그놈이 분명합니다."

그때 가장 가까이 앉은 숭양검이 화용군에게서 시선을 떼지 않으며 잘근잘근 씹는 것처럼 중얼거렸다.

"저놈이 무슨 속셈으로 제 발로 당당하게 여길 찾아왔는지 모르지만 탈명야차가 분명합니다. 빈도의 목을 걸어도 좋습니다."

무련공주는 깜짝 놀라서 화용군을 쳐다보고는 숭양검을 꾸짖었다.

"이봐요, 당신! 용군단 총단주인 용 상공에게 무슨 헛소리를 하는 건가요?"

그녀는 바깥쪽을 손으로 가리키며 남천왕에게 외치듯이 말했다.

"저 밖에 이분이 아버님께 드리려고 갖고 온 귀한 선물들이 산더미처럼 쌓여 있어요! 저는 이분이 탈명야차가 아니라는 데 제 목을 걸겠어요!"

사실 남천왕은 화용군이 탈명야차인지 아닌지 분간이 서

지 않았다.

한밤중에 관도상에서 죽기 살기로 싸우느라 그를 제대로 살펴볼 경황이 없었다.

처음에 숭양검의 말을 듣고는 몹시 놀라고 분노하여 오대문파 장문인들을 불러 모으고 주위에 삼엄한 경계를 폈는데, 막상 화용군을 보니까 그가 탈명야차인지 아닌지 확신이 서지 않았다.

남천왕이 보기에 화용군의 용모는 그날 밤 보았던 탈명야차와 매우 흡사했다.

그렇지만 탈명야차는 아닌 듯했다. 딸 무련공주의 절규에 가까운 말을 믿어서가 아니다.

그날 밤에 생사혈전에서 탈명야차는 극심한 중상을 입었다. 어쩌면 그때 상처로 죽었다고 해도 전혀 이상한 일이 아닐 정도였다.

탈명야차가 죽지 않았다고 해도 지금쯤 생사지경을 헤매고 있거나 자리에서 일어나지도 못해야 한다.

남천왕도 그날 밤 싸움에서 중상을 입고 치료를 하는 중이며 아직 거동이 불편한 상태지만 탈명야차는 훨씬 더 심한 중상을 당했었다.

강기는 차치하고라도 무형검에 무려 다섯 차례나 베이고 찔렸었다.

그러니까 저기 서 있는 탈명야차를 닮은 용군단 총단주는 탈명야차가 아닐 가능성이 크다.

그렇지만 남천왕은 확실히 하기 위해서 화용군에게 한 가지를 확인해 볼 생각이다.

무련공주는 계속해서 말도 안 되는 소리라면서 화용군의 무고를 주장하고 있으며, 숭양검과 오대문파 장문인들은 이런저런 대화를 하느라 실내가 매우 소란했다.

"자네."

이윽고 남천왕이 표정을 풀지 않은 채 화용군을 똑바로 주시하며 말문을 열었다.

"옷을 벗어보게."

"아버님! 그게 무슨 말씀이에요? 갑자기 옷을 벗으라니, 그런 실례가 어디 있어요?"

무련공주가 발끈해서 설레발을 피웠으나 남천왕이 엄숙한 얼굴로 손을 젓자 금세 조용해졌다. 부친의 성품을 누구보다 잘 알고 있기 때문이다.

"한 가지 확인해 볼 것이 있어서 그러네. 자네가 옷을 벗고 확인을 해준다면 내가 정중히 사과하도록 하지."

남천왕은 자신이 탈명야차의 몸을 무형검으로 다섯 군데나 찌르고 베었으며 이제 겨우 엿새가 지났을 뿐이니까 상처가 뚜렷하게 남아 있을 것이라 확신했다.

만약 화용군 몸에 상처가 있다면 탈명야차이고 없다면 용군단 총단주로서 손님인 것이다.

모두들 화용군을 주시하면서 침묵을 지켰다. 그들은 남천왕의 의도를 알아차렸다.

그가 탈명야차의 몸에 칼자국을 냈다는 사실을 알고 있기 때문이다.

침묵을 깨고 화용군이 조용히 그러나 목소리를 변조하여 일부러 굵직하게 냈다.

"다 벗습니까?"

"아냐. 상체만 맨몸이 드러나면 되네."

스슥—

남천왕의 말이 떨어지기 무섭게 화용군은 거침없이 입고 있는 산뜻한 유생복 상의를 벗었다.

툭…….

상의가 바닥에 떨어지고 아무것도 걸치지 않은 그의 맨살 상체가 고스란히 드러났다.

남천왕도, 무련공주도, 오대문파 장문인들과 숭양검도 모두 화용군의 상체에 긁힌 상처조차 없는 것을 똑똑히 보았다.

슥—

화용군은 그들이 더 잘 볼 수 있도록 뒤돌아섰다.

"그럴 리가 없어……."

숭양검이 일어나서 화용군에게 다가오더니 손을 뻗어 직접 그의 상체를 만져 보고는 얼굴이 일그러졌다.

"이… 이건… 도대체……."

화용군은 비틀거리면서 물러나는 숭양검을 거들떠보지도 않고 남천왕을 똑바로 주시했다.

그의 벗은 상체는 다섯 군데 칼자국이 있기는커녕 천하에서 가장 멋진 단단한 근육질의 몸매를 자랑하고 있었다.

무련공주는 그의 상체를 보면서 지금이 어떤 상황이라는 것도 잊은 듯 홀린 듯한 표정을 지었다.

"옷을 입게."

이윽고 남천왕이 부드럽게 말하면서 자리에서 일어섰다.

화용군이 바닥에 떨어진 옷을 주워서 입고 있을 때 남천왕이 가까이 다가오면서 말했다.

"탈명야차라는 자가 우리에겐 최대의 적이고 원수라네. 자네가 탈명야차와 많이 닮았기 때문에 자라 보고 놀란 가슴 솥뚜껑 보고 놀라는 격이라고 이해하게. 미안하네."

화용군은 남천왕이 점점 가까이 다가오는 것을 보면서 적잖이 긴장했다.

이대로 남천왕이 한두 걸음까지 가까워진다면 그를 죽일 수 있는 절호의 기회는 더 이상 없을 것이다.

이 방 안에 오대문파 장문인들과 숭양검. 그리고 백여 명의 고수들이 있다는 사실이 걸리지만, 그런 걸 일일이 따지면 남천왕을 죽이기 어려울 것이다.

'죽인다!'

화용군은 남천왕이 최대한 가까이 다가오면 필생의 살수를 펼치리라 결심했다.

"하하하! 자네에게 사과하는 의미로 오늘 성대한 연회를 베풀겠네."

남천왕이 일 장 안으로 들어섰다. 그런데도 그는 멈추지 않고 계속 걸어왔다. 화용군 몸에 티끌만 한 상처도 없는 것을 보고 탈명야차가 아니라고 확신했기 때문이다. 그는 호방하게 껄껄 웃었다.

"하하하하! 우리 무련공주와의 혼인을 허락받겠다고 했나? 내 허락하지! 암, 흔쾌히 허락하겠네!"

남천왕이 반 장까지 다가와 손을 뻗었다. 화용군의 어깨에 얹으려는 것이다. 이보다 더 좋은 기회는 없다.

그 순간 화용군의 오른손이 번개같이 뻗어 나갔다.

"아버님! 그게 정말인가요?"

그런데 동시에 옆에 있던 무련공주가 기쁜 목소리로 외치면서 남천왕에게 안기듯이 성큼 다가갔다.

키이잇!

화용군이 천신만고 끝에 만들어낸 무형의 야차도가 허공

을 수평으로 푸르스름하게 그었다.

파악!

"끅……."

남천왕의 목을 자르려던 무형의 야차도가 그 사이에 끼어든 무련공주의 목을 여지없이 잘라 버렸다.

그리고 야차도의 도첨이 남천왕의 가슴을 두 치 깊이 가로로 길게 그었다.

무련공주의 몸과 머리가 분리되는 순간이 마치 억겁인 양 길게 느껴지는 가운데 질식할 것 같은 침묵이 흘렀다.

사악―

번뜩이듯 화용군은 어느새 무련공주의 왼쪽으로 돌아 남천왕을 향해 두 번째 야차도를 뿜었다.

키우웃!

"용… 상공이… 이상하게 보여요……."

그런데 몸뚱이에서 분리된 무련공주의 수급이 화용군 쪽으로 떨어지면서 눈을 크게 뜨고 중얼거렸다.

무련공주의 초점 없는 시선과 정면으로 눈이 마주친 화용군이 주춤했고, 야차도는 그녀의 머리를 비스듬히 세로로 잘라 버렸다.

팍!

무련공주의 머리는 더 이상 아무 말도 하지 못한 채 두 조각이 되어 바닥으로 떨어져 내렸다.

"상아—!"

위이잉!

남천왕은 부릅뜬 눈으로 울부짖으며 화용군을 향해 전력으로 강기를 발출했다.

그와 동시에 오대문파 장문인들과 숭양검, 백 명의 고수가 일제히 화용군을 덮쳐 왔다.

쏴아아아—

스읏…….

화용군은 찰나지간에 뒤로 반 장 물러났다가 왼쪽으로 두 자 이동하여 남천왕의 강기를 간단하게 피했다.

엿새 전 한밤중에 남천왕의 무형검을 피했던 바로 그 순간이동의 절기가 다시 재현됐다.

"죽어랏—!"

화용군은 재차 남천왕 코앞으로 순간이동을 하면서 그의 목을 향해 푸르스름한 반투명의 야차도를 번개같이 그었다.

이미 중상을 입은 몸이 회복되지 않은 상태인 남천왕은 도저히 피할 수가 없었다.

더구나 그는 자신의 코앞에서 사랑하는 딸이 무참히 목이 잘려서 죽는 광경을 목격했기에 지금 제정신이 아닌 상태였다.

파아악!

그런데 이번에는 공격하던 숭양검이 화용군과 남천왕 사이에 끼어들었다가 몸통이 가로로 절단됐다.

그 와중에 또다시 야차도의 도첨이 남천왕이 복부를 가로로 그었다.

"흐으으……"

남천왕은 베어진 가슴과 복부에서 피를 뿜으며 비틀거리면서 뒤로 물러서는데 두 눈에서는 굵은 눈물이 뚝뚝 떨어졌다.

쐐애액! 쏴아앗!

그 순간 오대문파 장문인들과 고수 백 명의 검이 소나기처럼 화용군을 향해 쏟아지고, 그사이에 남천왕은 몸을 돌려 창을 향해 쏘아갔다.

화용군은 반투명의 야차도를 번뜩이며 휘둘러 가까운 거리의 적들부터 거칠 것 없이 베었다.

콰아아앗!

아무도 화용군의 상대가 되지 못했다. 적들은 덮쳐드는 것보다 더 빠른 속도로 목과 몸통이 잘려서 퉁겨 날아갔다.

그들은 단지 지푸라기 같은 존재지만 남천왕에게 가려면 지푸라기를 베어야만 한다.

카가가아악!

"끄윽!"

"커흑!"

얼마 전 같았으면 화용군은 이들 때문에 애를 먹었겠지만 지금은 그저 오합지졸에 불과할 뿐이다.

그때 남천왕이 오른쪽의 창을 뚫고 밖으로 튀어나가고 있는 게 화용군의 시야에 들어왔다.

"비켜라!"

화용군은 벼락같이 야차도를 좌우로 그으면서 오른쪽으로 신형을 날렸다.

가로막는 적들이 수수깡처럼 몸이 잘려 흩날리는 가운데 그는 벽에 부딪쳐 갔다.

퍼펙!

다음 순간 그는 벽을 뚫고 바깥의 정원으로 튀어나갔다.

차차차차창!

정원에서는 남천왕부의 고수들과 덕후가 이끄는 동창고수들이 치열한 격전을 벌이기 시작했다.

"저쪽으로 도주했소! 어서 가시오!"

덕후가 서쪽을 가리키면서 다급히 외쳤다.

화용군이 전각군 지붕으로 올라서 재빨리 서쪽을 쳐다보

자 과연 이십여 장 밖에서 남천왕이 도망치고 있었다.

남천왕은 이곳 남천왕부 안에서 아무도 탈명야치를 막지 못할 것이라는 사실을 알고 있는 것 같았다.

슈웃! 슈우웃!

화용군이 쏘아가고 있는데 여기저기에서 수십 명의 남천왕부 고수가 솟구쳐 오르며 공격해 왔다.

그는 부나비처럼 달려드는 고수들을 베고 찌르면서 지붕과 지붕을 뛰어서 맹추격을 했다.

화용군은 거리로 나섰다.

여러 정황을 고려해 봤을 때 남천왕은 남천왕부를 벗어나 거리로 도망친 게 분명했다.

거리에는 사람들이 많아서 남천왕을 찾는 일이 쉽지 않을 것 같았다.

스웃―

그는 갑자기 수직으로 솟구쳐서 대로변의 어느 건물 이 층 지붕에 내려섰다.

이어서 거리에 오가는 수많은 사람을 굽어보며 웅혼한 목소리로 외쳤다.

"여러분! 나는 동명왕 전하를 돕고 있는 화용군이라 하오!"

우렁찬 그의 목소리에 길을 가던 사람들이 모두 걸음을 멈추고 그를 올려다보았다.

"나는 지금 잔인무도한 남천왕 주헌중을 찾고 있소! 그자를 죽여서 대명제국을 바로 세울 것이오! 여러분! 그자를 찾을 수 있도록 도와주시오! 그자는 아마 피를 흘리면서 이 근처 어딘가에 숨어 있을 것이오!"

거리에 쥐 죽은 듯이 고요한 적막이 찾아들었다. 그러나 그것도 잠시 어디선가 그릇 깨지는 듯한 외침이 터졌다.

"여기 남천왕인지 개나발인지 하는 놈이 있는 것 같소!"

누군가 길가의 주루에서 뛰어나오는 게 보였다.

"여기 주루에 피를 흘리는 자가 숨어 있소!"

그러고는 주루에서 손님들이 우르르 쏟아져 나왔다.

그런데 주루에서 나온 손님들은 멀리 가지 않고 모여 있는데, 그중 한 명이 거리 저쪽으로 쏘아가는데 뒷모습이 분명히 남천왕이다.

이 층 지붕에서 번쩍 신형을 날린 화용군은 빠른 속도로 도망치고 있는 남천왕의 앞으로 깃털처럼 내려섰다.

"으헉!"

전력으로 달리던 남천왕은 소스라치게 놀랐으나 급히 정지하지 못하고 화용군 앞으로 부딪칠 듯이 달려오다가 겨우 멈췄다.

퍽!

"으흑!"

화용군은 발길질로 남천왕의 복부를 냅다 걷어찼다.

남천왕은 뒤로 붕 날아가 볼썽사납게 땅바닥에 나뒹굴었다.

"우욱… 욱!"

뒤로 자빠진 남천왕은 울컥울컥 피를 토했다. 그는 가슴과 복부가 베어져서 피를 철철 흘리고 있었다.

엿새 전 화용군과의 싸움에서 중상을 입고 회복되지 않은 몸에 다시 두 번이나 베인 그의 얼굴에는 이미 죽음의 그림자가 짙게 드리워져 있었다.

거리에는 수많은 사람이 가득 모여서 둥글게 원을 형성한 채 화용군과 남천왕을 주시하고 있다.

남천왕은 포악하기로 소문이 자자하기 때문에 이미 민심을 잃은 탓에 사람들은 그가 죽기를 바라고 있었다. 그런 자가 황제에 오른다면 자신들의 삶이 피폐해질 것이라고 예상하기 때문이다.

저벅저벅…….

화용군이 천천히 다가오자 겁에 질린 남천왕은 뒤로 누운 자세로 두 팔꿈치를 이용해 기듯이 주춤주춤 물러났다.

"흐으으으… 오지 마라……."

그때 거리 한쪽이 확 트이는가 싶더니 저쪽에서 오대문파

고수들이 몰려오고 있는 게 보였다.

남천왕은 그들을 보더니 금세 얼굴에 득의만면한 웃음을 떠올리면서 비틀거리며 일어났다.

"하하하! 도망쳐야 할 놈은 바로 네놈인 것 같구나!"

오대문파 고수들이 몰려와서 사람들을 쫓아내고 화용군과 남천왕을 겹겹이 포위했다.

화용군은 남천왕에게서 시선을 떼지 않으며 조용한 목소리로 입을 열었다.

"이것이 오대문파에게 베푸는 마지막 자비다!"

남천왕은 불길한 예감을 느낀 듯 소리쳤다.

"이놈 말은 들을 것 없다! 모두……."

퍽!

"컥!"

화용군이 다시 한 번 발길질로 복부를 슬쩍 걷어차자 남천왕은 그 자리에 고꾸라졌다.

화용군은 다시 말을 이었다.

"이 일에 개입하지 않는다면 오대문파에게 과거를 더 이상 묻지 않겠다!"

오대문파 장문인 중에서 살아남은 청성파와 점창파의 장문인을 비롯한 고수들은 무거운 표정으로 화용군과 남천왕을 주시할 뿐 아무도 움직이지 않았다.

화용군은 그들을 한 차례 느릿하게 둘러보고 나서 남천왕
에게 한 걸음 다가들었다.

"주헌중, 네 편은 아무도 없는 것 같구나."

"으으으… 사… 살려다오……."

화용군은 눈에서 불길을 뿜으며 그를 굽어보았다.

"내 부모님도 네놈에게 살려달라고 빌었을 것이다."

츠읏—

말을 끝내자마자 화용군은 쓰러져 있는 남천왕을 향해 오
른팔을 그었다.

파아—

"끅!"

푸른빛의 야차도가 남천왕의 목을 잘랐고 그는 이승에서
의 마지막 답답한 신음 소리를 남겼다.

몸뚱이와 머리가 분리된 남천왕의 몸은 잠시 푸들푸들 떨
다가 곧 잠잠해졌다.

고요한 적막이 흘렀다. 그리고 오대문파 사람들은 아무도
나서지 않았다.

그때 오대문파 사람들을 헤치고 두 여자가 모습을 나타냈
다.

"용 대가!"

"무사했군요!"

울부짖듯 외치면서 달려오는 그녀들은 천보와 한련이었다.

그녀들은 구르듯이 달려와서 화용군의 품에 굳세게 안겼다.

"저기 누가 왔나 보세요."

천보가 한쪽을 가리키며 화용군에게 속삭였다.

그녀가 가리킨 방향을 보던 화용군은 놀란 표정을 지었다가 곧 부드러운 미소를 떠올렸다.

거기에는 유진이 그를 바라보며 함초롬히 서 있었다.

"이리 와라, 진아."

그의 말이 떨어지기 무섭게 유진이 나는 듯이 달려와 그의 품에 와락 뛰어들었다.

"이제 다 끝났어요."

"당신 정말 장해요."

"사랑해요."

세 여자가 그의 품 안에서 한마디씩 속삭였다.

그때 누군가 외쳤다.

"맙소사! 저 여자들은 천하에서 가장 아름답다는 천하삼절미가 아닌가!"

"그녀들을 다 품에 안고 있는 저 복 많은 청년은 대체 누구라는 말인가!"

화용군은 빙그레 미소 지으며 세 여자를 힘주어 안았다.

"이제부터는 너희 세 사람만을 위해서 살겠나."

천보, 한련, 유진의 얼굴에 무지개처럼 행복이 가득 피어났다.

『야차전기』 완결

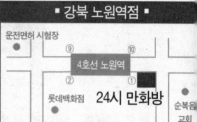
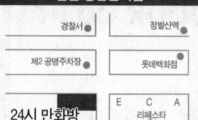
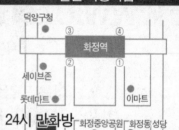
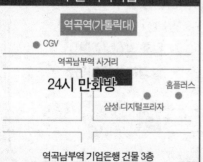
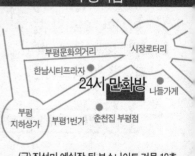

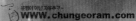

이경영 판타지 장편소설

FANTASY FRONTIER SPIRIT

그라니트

용들의 땅

GRANITE

사고로 위장된 사건에 의해 동료를 모두 잃고 서로를 만나게 된 '치프'와 '데스디아'.
사건의 이면에 상식을 벗어난 음모가 있음을 알게 된 둘은
동료들의 죽음을 가슴에 새긴 채 각자의 고향으로 돌아간다.
2년 후, 뜻하지 않게 다시 만난 두 사람은 동료들의 복수를 위해
개척용역회사 '그라니트 용역'을 설립해 다시금 그 땅을 찾게 되는데……

용들이 지배하는 땅 그라니트!
그곳에서 펼쳐지는 고대로부터 이어지는 운명적 만남,
깊어지는 오해, 그리고 채워지는 상처.

『가즈 나이트』시리즈 이경영 작가의 미래형 판타지 신작!

Book Publishing CHUNGEORAM

유행이 아닌 자유추구 -
WWW.chungeoram.com

FUSION FANTASTIC STORY

인기영 장편소설

리턴 레이드 헌터

Return Raid Hunter

하늘에 출현한 거대한 여인의 형상……
그것은 멸망의 전조였다.

『리턴 레이드 헌터』

창공을 메운 초거대 외계인들과
세상의 초인들이 격돌하는 그 순간.
인류의 패배와 함께 11년 전으로 회귀한 전율!

과연 그는, 세계의 멸망을 막을 수 있을 것인가.

**세계 멸망을 향한 카운트다운 속에서 피어나는
그의 전율스러운 이야기!**

Book Publishing CHUNGEORAM

유행이 아닌 자유추구 -
WWW.chungeoram.com